台北上河圖

上冊

上河圖

台北

蔣　勳

　　任祥多年前就告訴我要編繪一套「台北上河圖」。她想圖繪一條河流貫穿半世紀以來的城市歷史吧。

　　「上河圖」的概念或許來自一千年前北宋徽宗宣和年間張擇端著名的畫卷——〈清明上河圖〉。

　　〈清明上河圖〉是中國美術史上少有一件以「城市」為主題的繪畫。

　　范寬〈谿山行旅〉，郭熙〈早春圖〉，李唐〈萬壑松風〉，北宋三件劃時代的巨作，都在台北故宮，三件都是山水主題。

　　唯獨現藏北京故宮的〈清明上河圖〉整卷五百多公分長，完全以「城市」為主題。

　　我曾經在「上海博物館」擠在人群中細看〈清明上河圖〉，從近郊送炭入城的驢隊，城外菜畦三家村，出城歸來的官方人馬，大呼小叫的隨扈，衝出家門護衛幼兒的村婦，浩浩蕩蕩從南方來的漕運大船，卸貨碼頭的搬運工，洗了衣褲晾曬船篷的小漁民，城牆腳邊剃頭師父，大橋邊的地攤，賣涼飲的擔子，送貨的人力車，十字路口修車舖，小吃店旁停下來的小花轎，路邊圍觀聽說書的市井小民——

　　是的，我是擠在市井小民中間看一張一千年前的城市繪畫，畫中八百多人也是市井小民。

　　任祥以台北圖繪的「上河圖」也是今天的市井小民吧……

　　一千年前的北宋首都「汴京」，人口一百五十萬，漕運大船運來江南魚米，駱駝隊伍交通北方貿易，將近一世紀沒有巨大戰爭的汴京，是十二世紀地球上最繁華也最文明的城市。

《東京夢華錄》孟元老說那個時代，很感慨地說：「斑白之人，不識干戈」，頭髮花白的老人都不知道戰爭了。

將近一百年沒有戰爭，老年人也沒經歷過戰爭，徽宗宣和，何等繁華安逸的時代啊，以為這樣的安逸可以天長地久……

然而戰爭來了，〈清明上河圖〉畫完，也許不到十年，北宋滅亡，汴京土崩瓦解，繁華像一場春夢。

「上河圖」有不同解釋，大多數認為指流貫京城帶來繁華的汴河，也有人認為「上」是動詞，有「去河邊」的意思。

城市依賴河流有七八千年的歷史吧，米索布達米亞，是在「兩河間」建立文明，尼羅河孕育古埃及，黃河、長江文明，羅馬與台伯河，巴黎與塞納河，上海與黃浦江，台北與淡水河、基隆河——

河流是城市的母親。

我有幸從小在河流邊長大，二十五歲以前都在大龍峒，正好是基隆河淡水河的交會處，生活的記憶都與河流有關，五十歲後長住八里，過了關渡，大河就要入海，推窗眺望，風景浩浩蕩蕩。

任祥的「台北，上河圖」是數百萬人的「上河圖」，不會只有少數幾個主角，如同張擇端的〈清明上河圖〉，是一百五十萬人在一個時代共同締造的繁華。

山水鼓勵人背對城市，走向自然。「上河圖」恰好相反，他要人面對城市，觀察城市，思考城市，反省城市，也許有一天，可以有能力創造城市。

「斑白之人，不識干戈」，我已是斑白之人，慶幸看過一甲子城市繁華，知道我來前大河浩蕩，當然，我走了，大河依然浩蕩。

應該有永續不斷的「上河圖」。

「斑白之人」有「斑白」的回憶，任祥「台北，上河圖」或許不只是過去台北這個城市的記憶，一定也期待這個城市的後來者，如何再創造城市與河流的繁華吧！

2019年5月16日蔣勳於八里淡水河畔

台　北
上河圖

緣起

姚任祥

　　《傳家》2010年問世後，北京的出版社看到書中許多圖繪教材，希望我能繼續做些給兒童的教材。對於這一邀請，我當然很樂意，回想早年的成長過程，天生注重視覺，卻沒有生動的圖文教材，上了中學又不善死背，無法得到好成績，在老師眼中永遠是「不用功的壞學生」。我讀的中學是名校，注重升學率，初中畢業要考高中的前一個月，學校因我的成績會拉低整班的升學率，居然找個理由把我退學，要我以「同等學歷」自己「出去」考試，以免壞了他們的「升學率」美名。我只好抱著單打獨鬥的心理，勉強考上五年制的世界新聞專科學校（今之世新大學）。

　　有點反諷的是，當年把我退學的中學，多年後竟然頒贈我「榮譽校友」勳章。我回到那個學校，站在偌大的禮堂講台面對全校師生時，眼睛一直上下左右在尋找：這台下是否有看到圖示教材就能心領神會的學生？是否有跟自己一樣的，因為不善背誦而被老師視為「不用功念書的壞學生」？——希望他們不要被這個缺乏想像力的八股學習環境給擊敗。同時我也在想：台下是否有幾個願意為這些學生做教材的老師？我由衷的認為，我們的教育體系，缺少精美的圖繪，缺少想像力。

　　後來我做了母親，深恐孩子遺傳了我的「背誦障礙」，自他們幼時就常幫他們做圖繪教材，一步步的以圖示加以解釋，讓他們了解之後才能應付學校裡那些對他們可能是莫測高深的考題。所以，要我繼續做教材，為這個教育環節再盡力，我是很樂意的。

　　在答應北京的出版社以後，我與幾位同事在業餘時間開始收集可以做兒童教材的資料，題材針對生活教育裡的食衣住行。進行到「行」這個單元時，我先想到三百六十行的「行」業，以及「行」為裡的新聞事件，於是找了些題材跟葉子討論如何繪製。當葉

子的幾十幅新聞插畫生動的傳來時，我突然有了新靈感；還來不及塞回自己的衝動，這意象已清晰明確的呈現在我面前，我只好把兒童教材放一邊，開始說服我的團隊們：我要做一本《台北上河圖》。

這些年來，為了完成這套書作，過程的艱辛猶似爬過一座又一座高山。葉子繪成的初稿約100公尺長，貼滿我家的所有牆面；甚至廁所裡的鏡子也貼滿了新聞劇本，我扮演一個導演的角色，在葉子的初稿上以時間軸貼上新聞大要，編輯可能裁切的頁面，或留出圖面上的街口位置，以便可能需要增減事件。

葉子根據我編的版本第一次重畫，再次在我家牆壁換上新版，再編，重新再計算長度。確認之後，請葉子再畫一次；但他交回來的圖稿，筆鋒略顯疲憊，於是我們決定再重畫一遍。這回，我想著未來這畫稿可以幫葉子辦展覽，腦裡冒出「不能斷」的概念，出了個比照〈清明上河圖〉的手法，請他畫在一卷長紙上。於是跟永豐紙業請了一卷特製的長紙，扛到葉子的苦窯舉行「新開工典禮」，請葉子再畫一次。——仔細算起來，這幅長卷前後畫過四次，這還不包括幾百張我們討論內容時鋪陳的小圖呢。

《台北上河圖》上冊可以說就是一本畫冊，原稿是長達200公尺沒有斷的一張畫，配以可追溯的街景、廣告招牌等，將台北城市的樣貌安插在圖的剖面，劇情則取材自新聞事件，平鋪直敘的講述台北發生過的故事。

《台北上河圖》上冊的新聞文字，是委請資深新聞人楊昇儒先生，從我們選出來龐大繁雜的舊聞中，以其專業角度配合圖案加以濃縮改寫，非常謝謝他的協助。在原圖定稿後，我感覺視覺不夠立體，需要後製效果，以免視覺疲乏，所以請美編陳怡茜小姐再逐一以電腦技術合成，讓它更有層次，這份後製工作非常辛苦吃重，感謝怡茜在已經非常忙碌的本位工作之餘，細心的編輯，一吋一吋的完成。

為了找尋豐富的新聞題材，我們到圖書館去找尚未電子化之前的社會新聞，至於電子化之後，則擷取各大報都報導的離奇社會新聞，以及與生活息息相關的民生新聞。此外《臺灣全記錄》一書中所報導與台北人生活建設有關的訊息，也是我賴以參考的重要資源。

這些年，我讀了幾萬則新聞報導。起初幾年，每天都要大量閱讀，篩選事件，必須盡量選取一些較為正面的新聞給葉子畫。這件工作，看似簡單，卻極其痛苦。社會新聞，百分之九十的人物都在非常艱辛的環境討生活，我其實很難消化那些新聞事件；過程中心情極度沮喪，動不動就會哭，有幾個星期甚至讀到嘔吐……。幸而，葉子以一則又一則幽默的圖繪撫慰我內心深處的怨嘆，終於我們以一千多則新聞事件為題，完成了《台北上河圖》上冊的工程。閱讀大量的新聞讓我經歷劇中人的不同際遇與艱辛，

看到各種業障的呈現，光怪離奇的劇本，荒謬的組合，情感的債，金錢的債，親情的債……。有些劇情甚至前後連續多年，讓我感嘆時間是一個求饒不得的殺手，是一位混在前世今生的間諜。

在這麼大量的資料查訪過程中，總有一連串的問號不斷的在腦袋浮現，讓我想知道更早以前的台北的樣貌與故事是什麼？這些問題讓我產生極大的好奇心，於是我又開始到處尋找答案。我們把圖書館裡有關台北歷史的書都借回來，找到很多珍貴的相片，可惜年代久遠，印刷模糊。而且，這些照片散置各書，無法產生連貫的線性效果，不利於編排，於是我有了重繪老照片的構想，何不就讓這些圖繪述說自己的故事吧，這就是《台北上河圖》下冊的緣起。

感謝方雅鈴小姐鉅細靡遺的整理下冊的所有資料。我也要感謝好朋友們在下冊撰寫出各自的台北印象，他們都是在娛樂、文學、影藝、醫療、美學、商業、傳記、運動、趨勢等領域的大家，藉由他們精確的文字留住這城市的往時今事，分別穿插在重繪的老照片中。這些在各階段留下各具特色的台北印象，讓這書增加了更值得回憶的廣度與溫度。

下冊有三張更耗時費神的功夫畫，其一是重繪1935年日本時期的台北市鳥瞰圖，其二是比照前作繪製的2018年的台北市鳥瞰圖，這全景的呈現，可以讓讀者尋找自己的所在地；其三是台北市的夜景全圖，非常夢幻華麗，我以這幅畫為《台北上河圖》畫下一個句點。

我想做的，就是全力蒐羅這個城市的記憶，拼湊它的前世今生。這上下冊的套書，是以真實檔案為背景的圖繪工程，葉子與我的個人語彙不多。但唯有在下冊的最後一張圖繪，對於這個時代無所不在的惡質媒體對我們下一代的影響，我還是囉嗦的述說了我的憂慮。

感謝蔣勳老師為本書撰寫序文〈上河圖，台北〉。正如同蔣勳老師所言：「斑白之人」有「斑白」的回憶，任祥「台北，上河圖」或許不只是過去台北這個城市的記憶，一定也期待這個城市的後來者，如何再創造城市與河流的繁華吧！是的，我相信，一定有更多的台北人，會更有創意的接續陳述這城市美麗傳奇的故事。

回想起來，我的起心動念原是為了做兒童教材，結果完成的是《台北上河圖》上下冊。而這兩冊有如包羅萬象的浮世繪，不也是人生百態的教材嗎？

凡事有起始，也有終止，《台北上河圖》從一艘一艘船開始述說台北故事，於今年（2019年）1月1日截稿。我今年恰屆60歲，僅以這綿綿情意呈現的圖繪，當作送給自己一甲子的生日大禮。

如是我聞

葉子明

　　我年少時就認識任祥，這位姊姊總是展現非凡的企劃案、堅毅的執行力、奇特的新點子和強烈的企圖心。在她的號召下，我終於一筆一畫，堅定地完成了這部《台北上河圖》。

　　七年前，接到任祥邀約，她告訴我要繪製兒童教材，需要繪製三百六十行的百工百業圖稿，我覺得很有趣，毫不猶豫地響應了她的奇想。畫著畫著，我們發現原本忠孝東、西路的百工百業圖景，因著時代的流轉而出現業別的消長，所以我們一路畫一路改，竟逐漸地浮出了一幅「長軸」的舊台北。

　　任祥再度展現了她過人的正能量，她說：「葉子，我們來挑戰極限，讓這圖不要斷，讓歷史連下去！」不自量力的我，衝動的呼應了任祥的「圖不斷，史要連」企圖心，開始了爾後冗長又吃力的七年繪述工作，運用有別於僅用文字敘事或史料影像截留以外的「繪述」手法，將「如是我聞」的台北人、事、物，「繪」集在一幅時間的長軸上。

　　繪述長圖的第一步是要克服紙張的問題。我們需要一個長軸，才能用廣而長的視角，清晰的呈現跨世代所經歷的圖景。幸得信誼基金會張杏如執行長的支持，送來一卷重達三十五公斤多的精良特製長軸水彩紙，讓我們得以完成這一個不間斷繪述長軸的挑戰。

　　繪製前的準備工作非常漫長，我們廣泛的收集及調研相關史料，越是深入越是感到我們何其有幸，能夠身處這一世代與台北這一場域。這城市因歷史的因緣際會，南北的人文薈集，東西文化融合，交織成一齣時代的精彩大戲。我們何幸參與其中，觀賞其過程，歷歷在目的構築了這一幅場景。

繪製的過程中，我常常感覺自己不只是繪憶過往，在覽視時間軸上人事物的演變，探究過往的種種時，指引未來的密碼似乎也隱隱的示現，啟發著我，打開了我的視野，豐富了我的內在。

　　每每想到繪述圖是記錄這個時代許多人的生命與故事，我便更謹慎地避免主觀的視角及瑰麗炫技的筆法，努力以淡淡細述的庶人素描彩繪和浮世繪的庶民素人觀點，以及第三人平行觀視時間流的構圖方式，進行繪述，希望讓閱讀者能夠細覽台北城世世代代生活型態的進化，商業模式的更迭，百工百業的興衰，流行文化的演變，以及人文價值的消長。

　　不同時代的流行歌曲反映了台北城的變化。五〇年代，陳芬蘭以優雅的台語唱出〈孤女的願望〉：「請借問播田的田莊阿伯啊！人塊講繁華都市台北對叨去……阮想欲來去都市，做著女工渡日子……為將來為著幸福，甘願受苦來活動，有一日總會得到心情的輕鬆。」這反映了台灣由農業社會轉變成工商業化的年代裡，「台北」正是都市化與「希望」的代表。

　　八〇年代，羅大佑唱的〈鹿港小鎮〉紅遍大街小巷：「台北不是我的家，我的家鄉沒有霓虹燈……」，在那個「台灣錢淹腳目」的風華時代，台北城夜夜笙歌，喧囂紛鬧至午夜過後直至旭出，既看到了台北華麗都會的一面，也流露出對浮華虛無的嘆息。

　　而後，林強的〈向前走〉高亢的唱著：「阮欲來去台北打拼，聽人講啥咪好康的攏在那……」，九〇年代鄉村的人快速的往台北城市流動，展開他們在這裡的人生與這個城市的故事。在台北，就如王芷蕾的〈台北的天空〉，每個人都有自己對台北天空的詮釋、記憶和情感，當旋律響起，就牽起人們對這個城市的共鳴。

　　站在高度現代化的台北街頭，我們已經很難想像郁永河在《裨海紀遊》中所述，康熙三十六年（1697）來台採硫磺時，看到的是大地震造成的「康熙台北湖」。台北第一個有組織開墾的記錄就在台北，康熙四十八年（1709）官方發給泉州人陳賴章第一份開墾許可；西方傳教士馬偕牧師則記錄了清末台北農民的日常生活：早上約莫四點即起床，吃完早餐後五點左右就到田間耕作，十點左右及下午間稍歇吃些點心，其間皆忙於耕勞直到晚上七點才回家休息吃晚餐。——那是古早的台北人。

　　「台北」二字，來自光緒元年（1875）清政府設立「台北府」後。當時雖然區域內的市井活動蓬勃，但因為沒有具體的城池，所以台北城也可以說是不存在的。直到清光緒十年（1884年）第一座城門——北門（即承恩門）興建完成，台北才開始有了「城」的街廓容貌。

台北靠著「茶葉」很快的在同治年間竄起，成為台灣的經濟中心。台北茶業出口高達貿易額的一半，各式茶棧匯聚的大稻埕也因此成為最熱鬧最國際化的地區，林益順商號正是這裡最早的店鋪。而光緒十三年（1887）台灣與福建間的電報線順利接通，電信總局設置於建昌街，可謂台北國際化與現代化的起點。

　　光緒二十年（1894）甲午戰爭爆發，隔年，中日簽訂馬關條約，台灣割日。1895年6月17日日本總督樺山資紀在台北城內前清官府舉行了始政儀式，開始了日本治台五十年餘的歷史。一九〇〇年，日治總督府公布了十五萬人規模的台北市區改正計劃（即都市計劃），自此台北的景觀也從清式建築逐漸被日式與擬洋風的建築風格所取代，民風文化也開始混雜中日元素。

　　二戰末期，美軍迫擊日本，日本殖民地台灣也連帶遭殃。一九四五年五月三十一日的台北大轟炸遭到美軍超過一百架B-24轟炸機連番空襲，炸毀台北城內外軍事設施與政治中心，包括台北城內總督府（今總統府）正面南衛塔樓被直接命中而坍毀。戰後，國民政府於一九四五年接收台灣，並在一九四九年撤遷台灣，台北又走進了一個新的時代，展開了另一種風貌。

　　來自大江南北匯聚在台北的人們，在物資缺乏的年代卻認真的在人生舞臺扮演自己，經歷著精彩的人生。我何其有幸，生在從無至有的「黃金歲月」，親身參與了台灣經濟的高度發展以及令人驕傲的民主化過程。

　　隨著年月的逝去，許許多多的事物開始被抹去，人文的，景象的，生活中總總「味道」逐漸消散。在那「味道」還依稀繚繞腦間之際，認真地將如是我聞的人事物一一繪述成《台北上河圖》——那是台北的故事，我們的故事，是人生與人性的百態；過去、現在與未來的每一個在台北生活的人，都是這幅長軸的主角。

　　謹以此長軸繪圖，獻給我深愛的都城；但願不負任祥所託，也祈盼藉此天佑台北。

你最厲害的是你的手
我讀葉子

姚任祥

我認識葉子明已近四十年，從年少到初老，一直叫他葉子。

初見葉子是在我們家的中信百貨公司。當時他是工讀生，做美術編輯。那個時代還沒有電腦，也沒影印設備，我常請他畫活動海報。有一天在他的工作區看到天花板上有一張水彩畫：深淺咖啡色交錯，還雜著非常醒目的白，而且那白還有好多層次……。

那是什麼呢？

我不好意思問，但當下就想：「這個人會畫畫！」

之後經過他的工作區，總會停下來再看看那幅畫。它不經意的歪歪的釘在那房間，天花板不高，伸手可及，卻已觸及我內心，不時的想著：

這是位「有料」的美工。

後來我自己開公司，凡需要美工繪圖，我總找葉子來操刀。葉子繪圖快又準，總是能配合我們這個正在起飛的公司的速度，與他合作很是愉快。

當我做了媽媽，蠢蠢欲動想做「教材」時，又想請葉子繪圖，把構想跟他仔細說分明。哪知，葉子像提了一桶滿滿的水，霎時往我頭上淋下來：

「妳有完沒完呀！日子過得好好的，少奶奶喝喝下午茶不是挺愉快的，幹嘛做這種耗時又耗財的事？……」

——他的大意是如此。但是，後來的這麼多年，夢想一個又一個來叩門，葉子也總是支持著我完成。

葉子的老家在花蓮，父親早逝，母親是一位辦校治校的偉大女性。當年，我看著葉

子以工讀生進我們以前的公司，後來看著他結婚，為自己孩子買下生命中第一張保單，進廣告界，出廣告界，在他自己家族的深圳公司上班，看盡人生百態……；逆來順受面對生命，好脾氣的待人接物。我也看著葉子在孝順母親與自我成就之間來來回回；看著葉子夫婦拉拔兒子從叛逆個性到北大碩士高材生。之後，他不想被俗世纏身，不時到山裡閉關修行，過著隱士般的清簡生活。

七年前，他聽我說起《台北上河圖》這個「耗時費日」的工程，第一個反應也是提了一桶裝滿「累」的水朝我淋下來。但他了解我：再累再累，夢想還是要完成的。

作為一個插畫藝術家，葉子非常接地氣，眼和心都異常敏銳；善於看人，對事也觀察入微。他曾告訴我，在深圳工作時，假日常一個人坐上公交車，一直坐到底站再坐回來，目的就是靜靜的看著上上下下的人，在心底勾勒那些不同的面容和神情。有一次甚至說：「那一區的人，耳朵比較小，小到什麼程度呢？」他邊說邊把一般人耳朵的大小和那一區「比較小」的耳朵比給我看。天啊，一般的人，誰會去比較人家的耳朵大小？

就因這樣細膩的觀察，葉子在《台北上河圖》裡畫的人物，總是簡單幾筆上揚或下劃的線條，就能把一個人內在的感受和外在的神情表達得栩栩如生。這是他真實生活裡觀察的人多，腦袋裡有個龐大的人物檔案庫，書中的新聞人物才可以駕輕就熟的畫出來。

葉子也有一些哥兒們好友，約在一起就聊些接近黑白兩道邊緣的離奇事，還以嘲諷的口吻敘述周遭生活小民或顯赫大咖的五四三。跟他聊天很有趣，他的七俠五義，每次都會刷出新版本，這是他另外一種地氣能量。——但是有些久遠以前的事，說呀說呀，他就從一位工讀生慢慢的進入忘記時空與掉字的年紀了。

葉子視我為他的姐，有次我帶著他完成一個不小的工程，他找了個機會跟我說：「姐，我想，妳在古代，一定是個押糧的女鏢頭！」

我聽了哭笑不得，覺得這弟弟雙腳接足地底的能量，頭腦卻在稍早的世代，有些脫節了呢。然而這都無妨，因為他的手能在一張張什麼都沒有的白紙上讓眾生重生，一個個活得無比精彩。

　　我讀完第一冊的上萬條新聞後，心情一度是處於病態的，因為多半的新聞都不是好事。我篩選那些新聞事件時，幾乎每每要嘔吐；愛怨情仇，貪嗔癡慢疑，短暫的生命，離奇的劇情，像一團團烏雲籠罩著我，總是愛哭。

　　但我把新聞情節給了葉子後，他交回來的圖安撫了我。那些圖，讓我深深地讀到他的慈悲心，同理心，以及一笑泯恩仇的灑脫與幽默。

　　對於《台北上河圖》這個主題，葉子雖然一開始澆我冷水，後來卻比我更努力追溯這塊土地的前世今生，每次見面討論，兩人都在比誰發現得多。於是越挖越起勁，在一遍遍「發現」中，完成了堂堂的第二冊。那些圖，都是根據一些發黃甚至破碎的照片重畫的，每一幅都可以看到他紮實的功力與細膩的筆觸。

　　為了完成《台北上河圖》，葉子艱苦備嘗，但在工作到三分之二時，有一天突然跟我告白：「姐，謝謝妳讓我知道我真的很喜歡畫畫！」

　　這告白是一句讓我感動而欣慰的真心話。他年輕時不喜歡畫畫，天馬行空的想東想西，只喜歡做企劃型工作，我看出那對他是浪費了才華，因此常常提醒他：「你最厲害的是你的手。」

　　葉子，一位不可多得的藝術家，他的藝術生涯還很漫長。

　　葉子，感謝你，祝福你。

1 台灣首任巡撫劉銘傳成立全台鐵路商
務總局，開辦台灣第一條鐵路。(1887)

2 地方志紀載，台灣從淡水到雲林、嘉義
都降下大雪，五穀、六畜多凍死，可能
是台灣史上最冷的一天。(1893.01.18)

3 美軍出動 117 架 B-24 轟炸機進行台北
大空襲，市區許多建築毀損，造成 3 千
餘人死亡，上萬人受傷。(1945.05.31)

3

4

5

4 1894 年爆發鼠疫並蔓延全球，台灣在 20
年疫期有 2 萬餘人死亡。(1896－1917)

5 瘧疾大流行造成台灣約 1 萬人死亡；直
到 1965 年，台灣才被世界衛生組織宣
佈為瘧疾根除地區。(1900 年代末)

6 1946 年，引來霍亂疫潮，2200 餘人喪生。

7 一列火車行經萬華與板橋之間的新店
溪橋時，車廂突然起火燃燒，造成 64
人死亡、76 人輕重傷。(1948.05.28)

8 1946 年天花大流行，全台 1700 餘人喪
生。世界衛生組織於 1955 年宣佈台灣
天花根除。(1947)

1 1948 年台大醫院發現第一個狂犬病例，
直到 1961 年全面撲滅，台灣累計感染死
亡超過 780 人。(1948－1961)

2 台北舉行首次防空演習。(1950.02.11)

3 台灣省政府發行第一期「節約救國有獎儲蓄券」。(1950.06.01)

1 台灣將中元普渡日期定在農曆 7 月 15 日。
(1952.03.14)

2 被譽為「台灣統一發票之父」的前財政
廳長任顯群，於 1950 年代幫保政府財政
所創辦的愛國獎券。(1950.04.11)

3 1946 年吳振輝、郭啟彰引進「口孵非鯽」
大量養殖，台灣農林廳特命名為「吳郭魚」，
以紀念兩人。(1949)

4 台灣省政府發出第一次徵兵令，徵召 1.2 萬
人入伍。(1951.08.01)

1 南僑肥皂上市，洗衣、洗澡兩相宜。(1952)

2 總統府公布施行「鐵路法」。(1958.01.03)

3 淡水河哭了！台北市衛生院將查獲的有毒醬
油 14 萬公斤倒入淡水河銷毀。(1955.06.20)

4 美國在太平洋試驗場試爆氫彈，引發台灣
海域漁獲遭輻射汙染疑慮，經內政部調
查，證實只是謠傳。(1954.06.18)

5 第一部16釐米台語片《六才子西廂記》，
在台北市萬華大觀戲院首映。(1955.06.23)

6 台北中興大橋通車，是當時遠東最長的預
力混凝土橋樑。(1958.10.04)

1 台北美國新聞處新廈開放。(1958－1959)

2 台灣開始實施小兒麻痺疫苗預防接種，其後病例顯著下降；除了 1982 年因防治出現漏洞爆發大流行，計有 1,043 例（98 例死亡），經加強預防接種後，2000 年已完全根除。(1966－2000)

3 台灣爆發白喉疫情，2 千多人染病，220 人死亡；台北市因人口稠密，病患最多。(1957)

4 台北市警局首度在延平北路設置「紅綠燈」。
(1955.09)

5 大專聯考首度實行。(1956.07.26)

6 華航第一位正機師練振綱駕 PBY-5A 水陸
兩用機，由台北松山機場飛抵日月潭水
面，完成華航首航任務。(1959.12.16)

1 愛國不落人後，台北市 19 家酒家女服
務生義賣「敬軍花」，募得 51 萬餘元。
(1956.02.12)

3 電信局在台北市各主要幹道裝設公用
電話。

2 南亞塑膠公司成立，台灣跨入塑膠
時代。(1958.08)

4 台北市首推「不二價運動」。

5 裕隆公司推出首批國產汽車。

6 《聯合報》正式成立。(1957.06.20)

7 台灣省糧食局為穩定糧價，在台北市
等 5 大都市實施戶口食米配售。
(1957.09.22)

1959

8 交通大學引進 IBM650，台灣首部電子計算機。(1961)

9 呼啦圈風行台灣。(1958)

10 惡性補習興起，沿襲至今。(1958)

11 日本勸業銀行在台設立分行，成為台灣第一家外資金融機構。

12 艾倫颱風釀成空前嚴重的「八七水災」，不僅重創農業，還造成數萬災民無家可歸，死亡加失蹤人數高達千餘人。

13 台北市開始出現計程車。

14 警備總部將黑社會老大葉金塗移送外島管訓。

1960

15 民航空運公司 (華航前身) 採用維康 880 型客機，台灣民航進入噴射機時代。

16 私娼館老鴇穿睡衣開記者會談生意經，反映「笑貧不笑娼」社會現象。

17 台北市推行「守時運動」。(1959.06.22)

1960

1 公賣局第一款濾嘴捲菸「金馬牌」
上市。(1959.02.01)

2 強颱波密拉直撲北台灣，造成大台北
地區多處嚴重淹水，計 290 餘人死亡。
(1961.09.12)

3 利台化工推出「非肥皂」，為台灣洗
衣粉先驅。(1958)

4 美國總統艾森豪訪台，蔣中正總統親
赴松山機場接機。

5 大華晚報主辦首屆「中國小姐」選拔，
林靜宜奪下后冠。

6 楊傳廣在羅馬勇奪第 17 屆奧運會十項
全能銀牌，是首位摘下奧運獎牌的台
灣選手。

1961

7 政治大學四年級學生王道，因迷戀酒
家女犯下搶案，斷送大好前程。

8 台灣第一位專業人體模特兒林絲緞，
首度舉行人體畫展。

1962

9 永和勵行中學校園喋血案震驚全台，遭解聘的體育教員持槍潛入校園，槍殺校長等 7 名教職員及學生。

10 教育部教育電視實驗電台開播，當時全台約 300 戶擁有電視。

11 台灣第 1 部電子計算機（IBM650）舉行按鈕啟用典禮。

12 台灣第一家電視台「台灣電視公司」正式開播。

13 強颱歐珀重創北台灣，台北瞬間最大陣風每秒 49 公尺，創 50 年來最高紀錄；但暴雨也沖走水溝的蚊子幼蟲，有效遏止流行性腦炎傳播。

14 相約共赴黃泉卻臨時反悔，負心郎以領帶勒斃情婦，再假裝服毒自殺，因事跡敗露，遭移送法辦。

15 警備總部通令，查禁《三年》等 257 首國語流行歌曲。

16 台灣證券交易所正式開業。

17 有夫之婦與老板發生畸戀，後被情郎與丈夫拋棄，憤而以烈性溶劑潑灑情夫，導致毀容。

18 台灣電影製片廠開拍第一部彩色寬銀幕電影《吳鳳》。

19 為防副霍亂疫情蔓延，台北市禁售去皮瓜果及冷飲。

1962

1963

1 台灣爆發最後一次霍亂疫潮，22 人死亡。

2 麥帥公路通車，號稱台灣第一條高速公路。

3 民航公司 106 號班機自台中起飛後不久即墜毀，機上 57 人全部罹難；其中包括來台參加亞洲影展的新加坡電影鉅子陸運濤夫婦。據了解是劫機不成導致飛機失事。(1964.06.20)

4 北縣萬里發生山崩，「三金硫磺礦場」被壓毀，25 人慘遭活埋。(1964.10.09)

5 郵政總局開始受理代訂進口報刊。

6 第一屆金馬獎在台北市國光戲院舉行頒獎典禮。

7 受報載《單車失竊記》感動，南港善心小工將單車借給丟車的師大夜間部學生使用。

8 12 歲即混幫派滋事的譚姓不良少年，15 歲洗心革面，以優異成績接受台北市模範生表揚。

9 台大學生發起「青年自覺運動」以提振公德心。

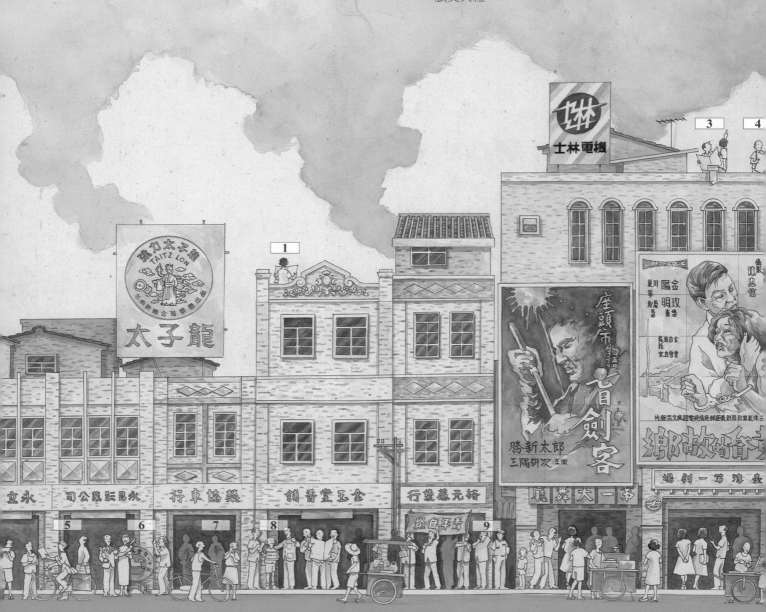

1964

10 名伶顧正秋領導「顧劇團」在永樂戲院（永樂座）演出京劇，為台灣京劇發展打下基礎。(1948－1953)

1965

14 石門水庫舉行竣工典禮。(1962.06.14)

15 美國花旗銀行台北分行開幕。

16 1921 年通車的萬華到新店鐵路走入歷史，全線拆除。

11 台灣爆發流行性腦炎，72 人死亡。

12 《皇冠》雜誌刊載瓊瑤小說《窗外》，轟動文壇。(1963)

13 強颱葛樂禮襲台，北市汪洋一片。(1963.09.10)

1965

1 桃園新屋永安國小師生前往陽明山旅遊，
因遊覽車煞車失靈翻落山谷，造成 29 人
死亡、71 人受傷。

2 復興航空台北至梨山線開航。

3 台北市開始進行衛生下水道工程。
(1964.07.31)

4 鳥市行情大跌，投機養鳥人慘遭套牢。

5 教育部宣布將大專聯考分為甲、乙、
丙、丁四組。

6 省教育廳通令各國民學校福利社禁賣
零食。

7 第一批越南美軍來台度假，為台灣帶
來觀光收益。

8 歌星著旗袍隨歌擺舞，老上海風華於
夜總會仍可見。(1960)

9 台北市議會三讀通過「台北市管理攤
販實施細則」。

1966

10 台北市新生戲院大火，造成大樓全燬，
死傷逾50人。

11 內政部統計，國人平均壽命為65.3歲。

12 惡男在街頭設局詐賭，還結夥搶劫賭
贏的路人，被警方移送法辦。

13 楊姓強盜兄弟檔在台北及全省各地，
多次偽裝乘客搶劫計程車。

1966

1 胡金銓執導的《龍門客棧》上映，開
啟台灣武俠電影熱潮。(1967.10.21)

2 台北市第八信用合作社成立。

3 3搶匪涉嫌假冒刑警打劫，遭警方逮捕。

4 蔡姓「扒竊大王」為首的8人行竊集
團，國慶前夕在台北落網。

5 台北市水泥嚴重缺貨。(1967)

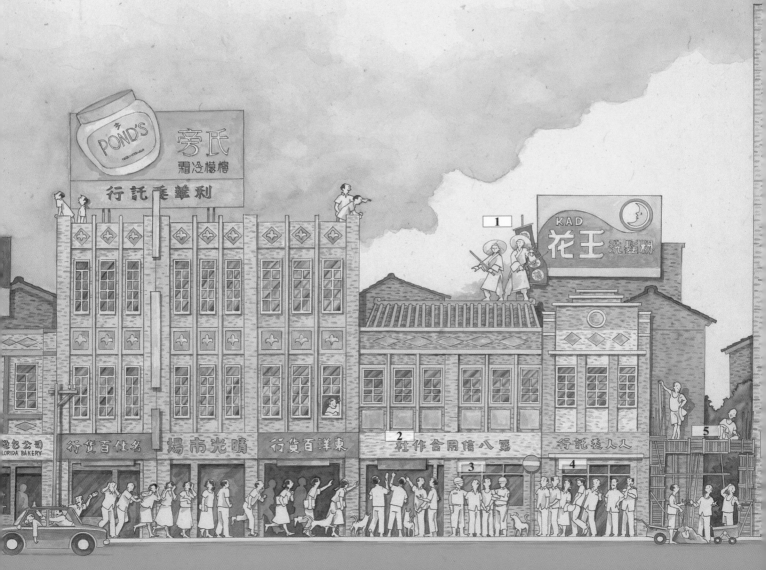

1967

6 三重一大樓火警，3 名住戶從樓頂翻
牆逃生成功。

7 北市行天宮於民權東路新廟慶祝啟用。
(1968.01.25)

1968

1 台灣第一包速食麵「生力麵」上市。(1967)

2 台北市開始使用密封式垃圾車。

3 4 兄弟為幫車禍斷腿的父親重新站起，
憑著修理機車的拿手技術，合力研製
自動控制的義腿，不但成就孝心，也
獲得 10 年專利。

4 國父紀念館動工興建。

5 台北市成立義勇警察大隊。

6 台北市區禁行人力三輪客車。

7 「可口可樂」登陸台灣。

8 行政院核定，今後 3 樓以上建築皆採
鋼筋混凝土架構。

11 據聯合國統計，5 年來台灣移民美國
人數逾 50 萬人。

12 土風舞在大專院校及民間青年社團掀
起熱潮。

9 中廣成立第一座 FM 調頻廣播電台。

10 台東紅葉少棒隊大敗日本隊，成為台
灣棒球運動轉捩點。

1969

1 6 名建中高三生在植物園內遭 8 名惡
　少圍毆，4 人被砍傷。

2 首座衛星通信電台於陽明山啟用。

3 加速經濟發展展覽會在台北揭幕，副
　總統兼行政院長陳誠倡導每人每天存
　1 元的「三一儲蓄運動」。(1961.01.01)

4 蔣宋美齡向民間募款集資興建之軍
眷住宅陸續完工，為眷村之始。
(1957.03.16)

5 建築師貝聿銘與陳其寬共同設計，東
海大學路思義教堂落成。(1963.11.02)

1 土地改革紀念館在台北市落成。(1967.03.11)

2 陳姓青年在台北市羅斯福路紅綿彈子房，以
撞球桿將 21 歲男子打成重傷。(1973.01.21)

3 經濟部核准設立中日合資的台灣農畜產公司。
(1967.05.01)

1 香港女星凌波在《梁山伯與祝英台》反
 串走紅，首度來台參加金馬獎並搭乘彩
 車遊街，盛況空前。(1963.10.30)

2 台北市改制為直轄市，高玉樹成為改制
 後首任市長。(1967.07.01)

3 艾爾西及芙勞西颱風相繼橫掃台灣東北部，造成慘重災情，台北市區汪洋一片，到處可見掉落招牌；新世界戲院廣告鐵架，壓毀兩輛計程車。(1969.09.26)

4 台灣鮪魚漁獲量高居世界第一。(1960)

1969

1 金龍少棒隊在美國威廉波特擊敗美西隊，
榮獲世界少棒錦標賽冠軍凱旋歸國，民眾
夾道歡呼。(1969.08.24)

1969-1971

2 華航 206 班機於松山機場降落失敗墜毀，造成 14 死 17 傷。

3 「第一股份有限公司」開幕，躍居台北百貨公司龍頭。(1965.10.05)

4 7 名大學生組隊攀登奇萊山，遇娜定颱風來襲，5 人不幸喪生。

5 輕度颱風芙安，水淹北台灣，造成 143 死 55 傷。

6 中視首播台灣第一部連續劇《晶晶》。

7 台灣消費者協會成立。

8 內政部明令家用殺蟲劑及農作停止使用 DDT。

9 中華商場落成啟用。(1961.04.22)

10 19 歲少年夥同其他 5 人，搶劫手錶及注射毒品，被判處有期徒刑 14 年。

11 邱姓婦人涉嫌倒會並捲款潛逃，受害者逾 3 百人，金額多達 3 千餘萬元。

12 台灣第二家電視台「中國電視公司」正式開播。

13 內政部頒布食品禁用糖精，以維健康。

14 布袋戲首登電視螢幕，台視播出黃俊雄製作《雲州大儒俠》。

15 婦女穿印第安人服飾，在西門町遭警察取締。

1971-1972

1 卡通《科學小飛俠》在日本富士電視台播出，共 105 集，平均收視率達 21%。1988 年中視引進播映，轟動全台。(1972.10.01－1974.09.29)

2 台北市頂樓加蓋違建普遍，嚴重違反消防安全，有關單位會同勘驗多處 5 層樓以上公共場所，並勒令改善。

3 台灣退出聯合國。(1971.10.25)

4 29 歲趙姓男子打開香水瓶時發生爆炸，傷及下體，緊急送醫。

5 中華電視台正式開播。

6 響應愛國軍備捐款，南投縣鹿谷鄉文昌國小學生捐出零用錢逾千元。

7 台北市警局針對長髮及奇裝異服展開嚴格取締。

8 大有巴士司機與車掌拾金不昧，2 千餘元現金及兩條金項鍊物歸原主。

9 天主教樞機主教于斌首次舉行春節祭天敬祖大典。

10 北一女學生寫信給教育部長，希望放寬髮禁。

11 台北市實施機車後座載人不得側坐。

12 3 強盜結夥搶劫台北市榮美照相材料行，潛逃多日，在北縣落網。

1972

13 操刀家傳淵源。

14 延平貨運公司貨車行經松江路和南京東路
口時，因超載超速闖紅燈，撞上綠燈直行
車輛，造成 3 死 1 傷。

15 3 名慣犯駕駛偷來的小貨車到西門町鬧區
行竊，被警方當場逮捕。

1972-1973

1 華視《西螺七劍》下檔，共播出 220 集，創下閩南語武俠劇播映最長紀錄。

2 北市林森北路王冠飯店，因顧客烹煮火鍋不慎引起火災，3 人葬身火窟。

3 北市東園街中盛企業氨氣外洩，3 人中毒送醫急救。

4 為防地層下陷，台北市鄰近 9 鄉鎮工廠禁用地下水。

5 呂良煥與謝敏男拿下第 20 屆世界杯職業高爾夫球錦標賽雙料冠軍。

6 19 位大專生在大屯山迷路，風雨中苦撐一夜，天亮脫險下山。(1970.02.25)

7 名演員車軒因年少犯下竊盜案件，遭警方偵訊，掩面痛哭。

8 計程車司機拾獲老婦人忘在車內的聘金，送警局招領。

9 歲末年關，台北市警局接獲多起金光黨詐騙報案。

10 台北市 5 層樓以上的高樓已達 1406 棟，最高是 20 層的希爾頓飯店。

11 大專聯招會宣布聯考首度採用電腦閱卷。

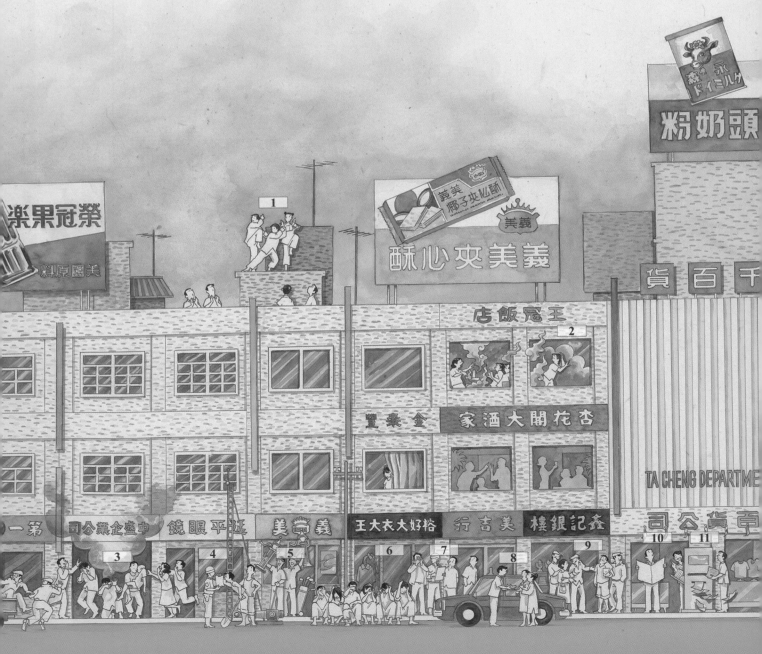

1973

12 鐵工廠守衛亂丟煙蒂引發火災,導致
廠房全燬,遭求刑 7 年半。

13 車姓男子偷窺鄰居婦人洗澡,被婦人
之夫發現,報警扭送法辦。

14 工姓男子擔心頭髮太短,交不到女友,
戴假髮充門面,被警方以蓄留長髮拘
留 3 天。

15 善心夫婦在羅斯福路公用電話亭發現
女棄嬰,有意領養,警方呼籲女嬰父
母儘速出面。

16 北市少年警察隊成立電視節目檢視小組,
專門取締男女演員長髮及奇裝異服。

17 男子理髮美容院兼營色情,北市建設
局決加強取締。

1973

1 圓環夜市大火，攤商四分之一遭焚毀。
(1993.02.02)

2 台灣拆船工業躍居世界首位，有「拆
船王國」美譽。

3 兩偷兒潛入民宅行竊，反被屋主全家圍困，警方獲報趕到現場繩之以法。

4 防空演習好嚴格，咖啡館老闆不慎讓燈光外洩遭起訴。

5 男女共謀犯案，女方假意到房姓主人家幫傭探虛實，再夥同姘夫搶奪財物。

6 婦人深夜開收音機音量過大，被依妨害安寧罰款。

7 在西門鬧區兜售愛國獎券為生的殘障人士許忠次，遭小偷光顧，生活陷入困境。

8 32 歲林姓男子頭戴假髮男扮女裝，在寧夏路國聲戲院附近被員警帶回警局，拘留 3 天。

9 內政部公布「兒童福利法施行細則」，兒童福利邁向新紀元。

10 6 孩童到新店溪中正橋下戲水，4 人落水，1 女童平安獲救，3 男童下落不明。

11 炎夏奇觀，市民至台北國際機場大廳吹冷氣打地舖。

12 北市公車駕駛和車掌拾獲現金近 7 萬元，送調度中心，聯繫失主領回。

13 攤販占用地下道，影響行人通行，北市警局嚴格取締。

14 台北市禁止馬達三輪貨車通行。

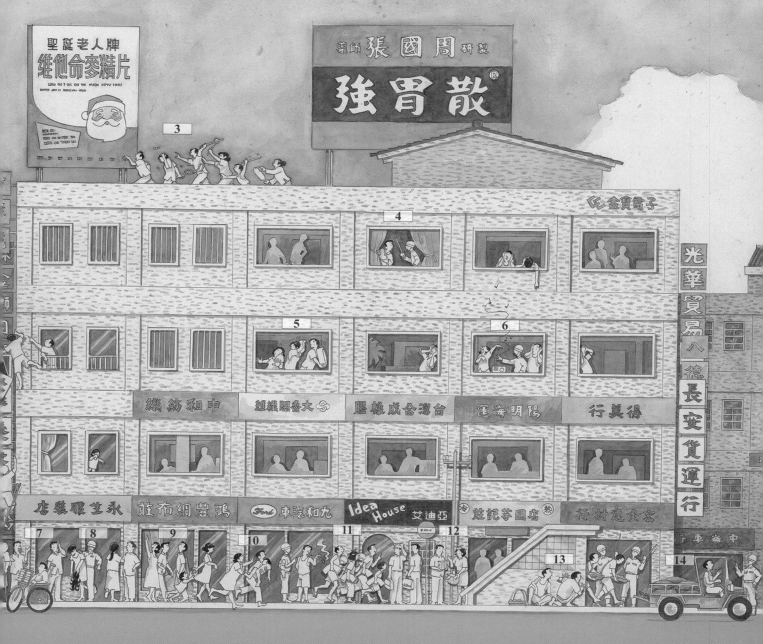

49

1973

1 第一次石油危機，油價飆漲，加油站
蕭條。

2 林懷民舉辦第一次現代舞發表會。

3 拾荒老人王貫英購買經史典籍，捐贈
美國聖約翰大學，宣揚中華文化。

4 竊盜前科男又在吳興街水果攤偷 10
個柚子，被判刑 3 個月。

5 行政院長蔣經國在國民大會宣布以 5
年為期，加速完成南北高速公路、鐵
路電氣化、中正國際機場等 9 項建設；
隔年又加入興建核電廠，成為「十大
建設」計畫。

6 60 歲老翁在士林園藝所花展會場，
因一時貪念竊取一盆蘭花，法院念
其年老判緩刑 2 年。

7 南京東路二段極樂殯儀館營業逾 20
年走入歷史，原址改建為小公園。
(1974.01)

1974

8 美籍婦人詹姆士太太發揮母愛,在陽明山住所定期招待出獄青少年,被封為「新生人媽媽」。

9 善心男拾金不昧,百餘張愛國獎券完璧歸趙,小販赴中山分局領回失物。

10 走私集團將總值台幣7百多萬元外幣,夾藏在出口鴨蛋木箱底層闖關,被機場海關人員當場查獲。

11 台北市自來水廠進水口因暴雨遭大量垃圾堵塞,導致台北縣市幾乎全天斷水。

1974

1 北市中央家禽市場女攤販為牟利，將水灌入肉鴨增重遭查獲。

2 北市六號水門外臨時攤販區，不良攤商販售灌水雞鴨牟利。(1975.03.03)

3 男子假冒電力公司線路查修員，侵入士林區某花園洋房，洗劫大批財物後逃逸。

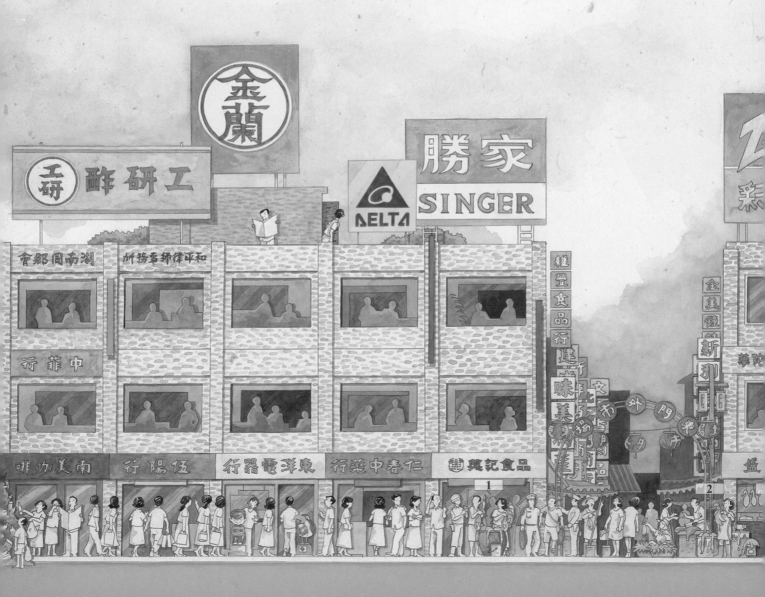

1974-1975

4 核二廠開工興建。

5 為民除害，北市消防人員冒險摘除木柵區光明路台電宿舍內的虎頭蜂窩。

6 育達商職女學生家境清寒又遭逢父喪，全校師生捐款助她度過難關。

7 一佛教團體縫製棉衣分贈清貧老人。

8 景文高中學生謝耀南拾獲面額新台幣 345 萬元的鉅額支票，送警招領，獲教育局嘉獎。

9 男女雜處，徹夜喧鬧，統一教徒行為違反社會規範，引起爭議。

10 陸軍士官長紀綱照顧孤苦無依的鄰居老婦，獲選好人好事代表。

11 為善不欲人知，匿名者捐款給車禍受傷老人。

12 台視播出崔苔菁主持的《翠笛銀箏》，是台灣電視史上第一個外景歌唱節目。(1971)

13 在永樂市場販賣奇珍異獸的王熙富，每天清晨都牽著店內小母獅上街蹓躂。

14 計程車司機拾金不昧，準新郎聘金失而復得。

15 中山國小學童關華在台北火車站候車室拾獲一紅色小皮包，原封不動送警處理。

16 根據台北市主計處統計，全市人口已突破 200 萬人。

17 二戰期間被日軍徵召到南洋作戰，台東阿美族人李光輝藏匿叢林 29 年後返回台灣，轟動中外。

18 北市衛生局推行「殺鼠換獎券」逾 3 年，成效不彰。

19 4 名男子趁夜在松山區偷狗，被巡邏員警逮個正著。

20 鄭姓男子持變造愛國獎券到台銀兌換獎金，被經辦人員識破並扭送警局。

21 善心老婦人胡國鉞捐畢生積蓄濟貧及造橋鋪路，由張豐緒市長代表接受。

1 建築師王大閎設計的台北市國父紀念館
   落成啟用。(1972.05.16)

2 政府在高雄設立全球第一個加工出
   口區，奠定台灣經濟起飛的基礎。
   (1966.12.03)

3 行政院外匯貿易審議委員會裁撤後，經
   濟部成立國際貿易局管理對外貿易，外
   匯歸中央銀行掌管。(1969.01.01)

1975

4 蔣中正去世，逾 200 萬人前往設在國父紀念館的靈堂瞻仰遺容。

5 台北北投公路竣工，舉行通車典禮。
　(1969.03.20)

1975

1 遠東航空 134 號班機在台北松山機場
降落時失事墜毀，27 死 48 傷。

2 大學聯考南門國中試場，發現考生利
用賣冰淇淋的喇叭作弊傳遞訊息。

3 北市老松國小是全世界最大的小學，
共有 95 班計 5000 多名學生。

1975-1976

4 波士頓飯店經理與服務生勾結，在客房內裝設特殊玻璃鏡供人偷窺，被依妨害風化罪判刑8個月。

5 父母外出，瓦斯外洩，4歲哥哥急救脫險，2歲妹妹不幸身亡。

6 砂石工人不滿女友移情別戀，縱火燒她家，被判刑4年。

7 邱姓大學生蓄長髮註冊遭校方拒絕，雙親特地北上勸阻，但邱男一意孤行，氣得父親要尋短。

8 曾有偽造新台幣前科的林姓男子，在景美重起爐灶遭警破獲，起出偽鈔及印刷機等。

9 男子騎機車經過寧波西街時，因機車漏油起火，燒傷臀部。

10 空軍退役上校在公車上遭竊，幸竊賊良心發現，將偷得的金飾及美鈔物歸原主。

11 蕭姓麵攤老板與另外3男合湊聘金，娶美濃黃姓女子；婚後4男共1女，黃女不勝其苦。

12 臥龍街發生火警，鍾姓主人葬身火海，忠犬「哈利」連日守候火場，不願離開。

13 宏仁內分泌專科醫院以維他命冒充減肥藥，一名肥胖婦女受騙上當。

14 62歲婦人深夜收攤返家遇歹徒搶劫，她奮勇抵抗，擊退搶匪。

15 圓山動物園唯一母象「馬蘭」，因發情期煩躁，將飼養技工莊世榮擠傷不治。

16 「道路交通管理處罰條例」新修訂，機車駕駛人應配戴安全帽。

1976

1 教育部統一規定，中文橫式書寫、排印須自左而右；招牌、匾額、標語則自右而左。

2 歷史博物館《張大千先生歸國畫展》揭幕，教育部贈「藝壇宗師」匾額。

3 素人畫家洪通，在台北美國新聞處舉辦首次個人畫展。

4 台灣銀行民權分行提供「得來速」服務，不必下車即可存提款。

5 朱銘首度在國立歷史博物館舉行木雕個展。

6 為遏止青少年吸食，政府明令強力膠配方需加入芥子油等有毒成分。

7 台北市啟用電腦交通號誌控制系統。

8 婦人把價值 50 萬元的鑽戒放在隨身皮包，不慎在公車上被偷走。

9 小偷潛入民宅，竟抱著贓物在客廳沙發睡著，屋主返家撞見，報警處理。

10 永春國中兩教師因感情糾紛，竟在學校朝會當著全校師生面前搶麥克風，互揭瘡疤。

11 水電工邱水文獨力完成水路兩用直升機，向警方申請試飛。

12 血癌患者葉清榮自願捐出眼角膜，消息傳出引來各界關懷。

13 醉漢夜闖香閨，兩少女從窗口扔下求救紙條，員警獲報立即前往解困。

14 作家三毛第一部作品集《撒哈拉的故事》出版。

15 范姓男子老婆倒會，還縱狗咬傷上門討債的游姓男子，游男憤而打傷范男，雙雙被提起公訴。

16 《潮州文獻》郭壽華為文指「韓愈在潮州染風柳病」，被韓愈第 39 代後人韓思道提告誹謗，法院判郭某敗訴。

17 「空氣汙染防治法」上路，北市取締烏賊車。

18 林姓男子與鄰居爭執，竟從自家二樓向鄰居兒子潑尿，因而吃上官司。

19 8 歲男童進音樂城餐廳時，不慎撞上透明玻璃門，男童父親怒控過失傷害。(1977.03.25)

59

1977

1 潘姓男子在妹妹家中睡覺，誤把襁褓中的小外甥當枕頭，活活壓死。

2 餐廳女經理愛上有婦之夫，竟開價30萬元要元配出讓老公，雙方討價還價成笑談。

3 3兄弟爭相奉養母親，竟大打出手鬧上警局，遭母斥責後下跪懺悔。

4 徐東志連續殺死7人，1984年被槍決伏法。(1976－1984)

5 劉姓男子買兩瓶公賣局淡啤酒，其中1瓶突然爆炸，幸無人受傷。

6 行政院核定執行台北車站地下化工程，開啟台北鐵路地下化。

7 清潔隊員在郵局領錢後，部分新鈔塞在後褲袋竟起火燃燒。

8 世界球王巴西「黑珍珠」比利來台訪問3天。

9 寶島歌王葉啟田因黑道勒索犯下教唆殺人罪，入獄3年半。

10 徵收三千年，鹽稅走入歷史。

11 製作、販賣速賜康迷幻藥，販毒集團遭調查局破獲。

12 真酒瓶裝假酒，台北市警方破獲偽造洋酒案。

13 拘留所吞筷子假裝胃痛，毒犯被送醫白挨一刀。

14 與人口角憤而撕碎佰元鈔，男子被依「妨害國幣」移送法辦。

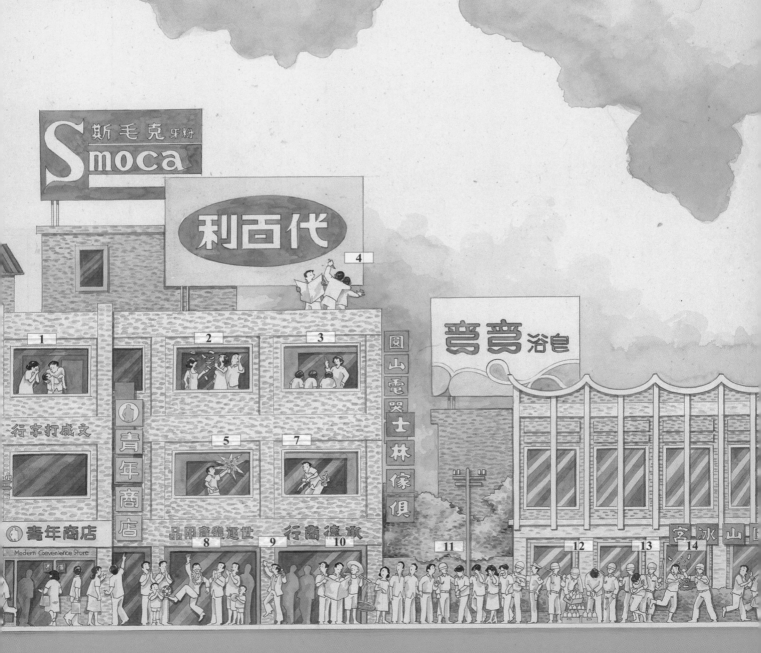

15 噱頭變光頭，脫星指控遭強逼剃光頭
　　髮，電影公司獲判無罪。

16 面對一連串外交困境，為提振民心，
　　「莊敬自強，處變不驚」成為最普遍
　　的政治標語。(1971－1978)

17 整合公民營多家客運，台北市聯營公
　　車正式上路。

1978

1 華航 831 號班機發生劫機事件，工程
　機務人員施明振企圖劫機前往大陸遭
　飛安人員擊斃，飛機安抵香港。

2 建中生燒開水不慎引起火災，無力賠
　償房東，同學紛紛解囊相助。

3 兩男搶狼狗，員警施妙計，判定真飼主。

4 國小學童在市立體育場玩水鴛鴦，不
　慎引發火災。

5 兩男扮演「和事佬」、「受害者」，共
　謀假車禍真詐財。

6 醫院擺烏龍，媽媽抱錯男嬰不肯換回女
　娃，透過血型比對才確認親子關係。

7 父母犯案被捕，小兒女滯留警局，哥哥
　哭著要回家，妹妹為他擦淚說別哭。

8 精神異常女子爬上中華路某大樓 4 樓鐵
　窗外意圖跳樓，消防人員緊急救回。

9 計程車司機隨地小便，民權東路小巷
　臭氣薰天，警察埋伏取締。

10 林安泰古厝拆遷至新生公園，正式開
　放重現風華。

11 成龍主演的功夫喜劇片《醉拳》上映，
　自此走紅影壇。

1978

1 藝人白嘉莉主持《喜相逢》、《銀河璇宮》等綜藝節目，被譽為「最美麗的節目主持人」，紅遍海內外華人圈。(1970)

2 北區高中聯招發生補習班洩題事件，是聯考史上最大的作弊案。

3 吊架故障，4名清潔工受困仁愛遠百14樓外牆，警消出動雲梯車才脫險。

4 半百光棍急成家，遭女金光黨設局，多年積蓄被騙光。

5 糊塗準新人，結婚禮服信物丟車上，幸遇司機拾金不昧，及時趕上婚禮。

6 基隆河暴漲，水淹濱江街，民宅主人獲救，獨留愛犬守門。

7 南北高速公路全線通車。

葉財記敦南雙星即將推出.

遠東百貨

秘香園

鴻霖空宏恩醫院沾美

養樂多 Yakult

夏大陽蘭

台大補習班六十七年度招生

元文補習班

時報週刊

城中喜局

建國補習班

賀 金榜

1979

8 台美正式斷交，《共同防禦條約》終止，駐台美軍撤離。

9 開放民眾出國觀光，吳家川獲核發第一本觀光護照。

10 填鴨教育課業重，小學生揹大書包。

11 不滿美匪建交，孟姓男子在北一女校門剁食指，血書「我愛國」。

12 古亭區發生持磚頭連續傷人事件，受害者逾 20 人，作案男子疑似精神異常。

13 養鴨飼料含工業染料，食用紅仁鴨蛋傷身。

14 北市聯營公車上路後，頻傳車掌吃票，改採機器收票。

15 難忘偶然邂逅男子，少女在報紙刊登啟事，終於尋獲有緣人。

16 桃園中正國際機場正式啟用。

17 6 賊伴購珠寶，趁機調包 8 克拉鑽石，銀樓痛失 4 百萬元。

18 北市撫遠街一間化工原料行深夜發生爆炸，4 層樓房瞬間炸燬，造成 33 人罹難，經查是硬化劑儲存不當所致。

19 返家途中遇金光黨搭訕，74 歲老婦被騙上百萬，創金額最高紀錄。

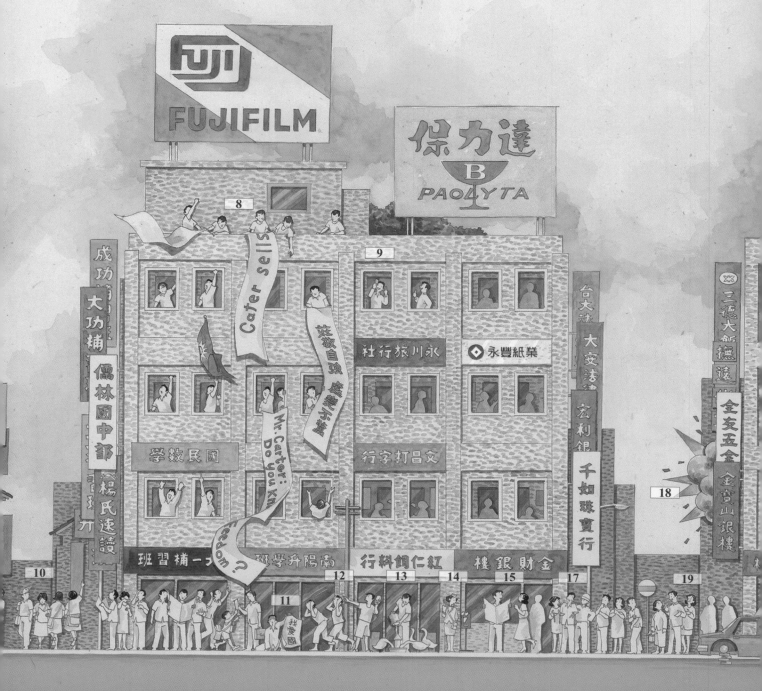

1979

1 老闆以德報怨，為捲款潛逃員工的兒子
證婚，員工良心發現，向警方投案。

2 愛車輪胎不翼而飛，鳳飛飛的哥哥報警。

3 男騎士車禍行蹤不明，忠犬不吃不喝
守候車旁 3 天。

4 路邊停車一位難求，民眾以木板、水
桶甚至瓦斯桶佔位。

5 永吉路凌晨發生火警，受困孕婦跳樓
逃生，鄰居合力以被單接住。

6 冒險攀爬電線桿救家鴿，主人誤觸高
壓電線摔落，所幸無大礙。

7 運將匆匆下車解內急，忘拉手煞車，
車子竟滑落瑠公圳。

8 少婦企圖臥軌自殺，鐵路警察救回一命。

9 台北車站前的野雞車拉客黃牛，經警
方大力掃蕩，逐漸銷聲匿跡。

10 台鐵一票難求，造成黃牛猖獗，鐵
路警察局春節前夕逮捕 11 名黃牛。
(1970.02.04)

1979

1 為節約能源，台灣自 7 月 1 日至 9 月
30 日實施日光節約時間，時鐘往前撥
快 1 小時。

2 年節返鄉潮，台北車站水洩不通，1
名憲兵及 2 名女性被擠到當場昏倒。
(1970.02.05)

3 萬華西園路平交道發生出軌意外，北
上貨車其中一節車廂翻覆，導致鐵路
中斷。(1974.08.15)

4 台灣省政府成立「台灣自來水公司籌備處」。(1973.04.01)

5 頂呱呱炸雞於西門町成立第一家門市，成為台灣第一家本土連鎖速食業者。(1974.07.20)

1979

1 抗癌科技日新，台大醫院啟用台灣第
一部鈷 60 治療機。(1958)

2 台大醫院成功完成忠仁、忠義連體男
嬰的分割手術。

3 台大醫院完成更換二個心瓣膜手術。
(1967.01.27)

4 台大醫院完成台灣首例腎臟移植手術。
(1968.05.27)

5 台大醫師朱樹勳完成台灣首例心臟移
植手術。(1987.07.17)

6 台大醫院發現台灣第一個 AIDS 病例。
(1986.02.27)

7 女肉販不慎讓右手捲入絞肉機,緊急
送往台大醫院急救。(1974.01.21)

1 228 和平紀念碑揭碑，新公園同時改
  名「二二八和平紀念公園」，以紀
  念 228 事件遭軍警鎮壓遇害的民眾。
  (1996.02.28)

2 女童渾身長滿黑毛，被不肖商人當成搖
  錢樹，與珍奇動物關在一起供人參觀，
  醫界與法界人士呼籲政府單位援救。

3 11 歲男童 4 年前與養母在博物館前
走散後，獨自在台北靠行乞、推三輪
車維生，每天下午到博物館前大銅牛
等候母親出現。(1972.01.05)

4 104 位中南部老人參加台灣基督教福
利會主辦的「阿公阿婆免費遊台北」
活動。(1973.09.24)

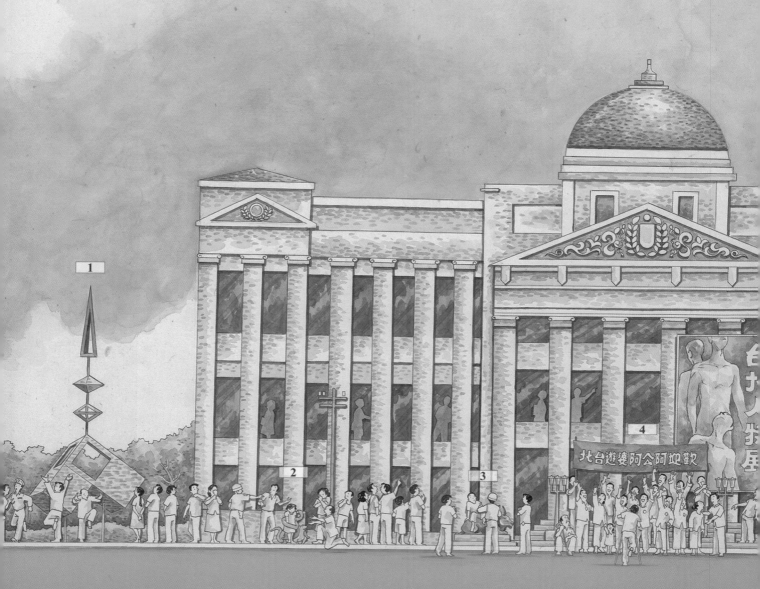

1979

1 首座核能發電廠正式商轉。

2 小小公車售票亭，販賣商品五花八門，
可說是最早的便利商店。

3 第一屆「台北市音樂季」在國父紀念
館和新公園揭幕，開啟台灣大型音樂
季先河。

1979-1980

4 愛國西路、桂林路交叉口因興建高架道路，拆遷百戶住家，竟引發老鼠流竄，逼得鄰居也搬家。

5 詐欺前科犯重施故技，謊稱有印鈔機，能將白紙變鈔票，多名受害者上當。

6 台灣與美國、新加坡、香港，今起可直撥國際電話。

7 統一企業引進 7-Eleven，為台灣連鎖便利商店之始。

8 台灣驚爆米糠油中毒事件，彰化油脂公司在製油過程因管線破裂，導致有毒的多氯聯苯滲入，造成中部地區 2 千餘人中毒，全台人心惶惶。

9 北迴鐵路竣工。

10 調查局破獲製造金門高粱假酒的地下工廠，查扣 2 千餘瓶成品，這些黑心假酒甲醇超標，危害人體甚大。

11 第一屆國際藝術節在國父紀念館揭幕，國內外表演藝術團隊共襄盛舉。

12 中正紀念堂舉行落成典禮。

13 淡水紅毛城終於收歸國有，自 1867 年清廷永久租給英國作為領事館以來，紅毛城在外人手中達 113 年之久。

1980

1 國際學舍開始興建，提供外籍學生低
　廉住宿。(1956)

2 男子侵占一張 200 多元火車票，因籌
　不出保釋金被收押；另一被告涉嫌侵
　占公款 500 多萬元，卻因交付保釋金
　揚長而去。

3 新生北路、德惠街口深夜發生搶案，
　女乘客遭計程車司機搶走 2 千餘元。

4 公車上出現臭青母，乘客驚慌四逃，
　原來是蛇販帶上車，不慎讓蛇脫逃。

5 台灣出現 1949 年以來最嚴重乾旱，
　台北市實施限制供水。

6 為整頓市容，台北市長李登輝指示將
　攤販納入管理。

7 坐輪椅吹口琴賣口香糖維生，身障青
　年李連春面對台北市大力掃蕩攤販，
　不禁擔憂未來生計。

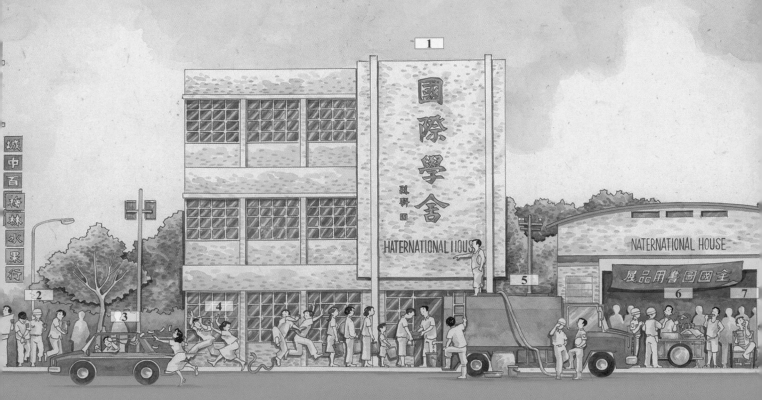

8 木蘭女子足球隊於美國贏得第一屆國際女子足球邀請賽冠軍。

9 56 歲婦人遇上 3 名金光黨，佯裝要認她作乾媽，結果被騙兩枚金戒指。

10 計程車司機符樹富拾獲 5 百萬元珠寶不起貪念獲表揚，失主致贈新車表達感謝。

11 小女孩幫母親清掃街道，慘遭計程車輾斷雙腿，清道夫工作安全引起各界重視。

12 前科累犯在計程車計費錶上動手腳，意圖詐騙乘客車資，遭警方逮捕。

13 美國駐台官兵在中山堂欣賞好萊塢喜劇泰斗鮑勃霍伯與豔星拉娜透納的勞軍演出。(1962.12.28)

14 張小燕以《歸來》榮獲第 5 屆亞洲影展最佳童星特別獎。(1958.04.26)

15 第一屆台灣好人好事表揚大會在中山堂舉行。(1958.04)

1981

1 不肖業者把進口商標貼在過期食品罐頭的有效期限標示上，企圖矇騙消費者。

2 丈人到汐止拜訪女婿，不幸發生吃粽子噎死意外。

3 不滿遭疏遠，男子持刀闖進女友家挾持，欲開瓦斯同歸於盡，幸警方趕到解圍。

4 60 學年度第 1 學期台北市小學模範生表揚大會在中山堂舉行。(1972.01.12)

5 台灣消費者文教基金會成立。(1980)

6 外雙溪淨水場水壩無預警放水，15 師生遭突來的洪水滅頂枉死。

7 台北市長李登輝及自來水事業處長許整備，積極投入外雙溪水難事件善後。

8 恆春半島的吟遊詩人，民謠老歌手陳達不幸因車禍身亡。

9 58 歲男子挾忿朝他人吐了一口痰，遭法院判罰金 100 銀元。

10 陳姓男子因要錢不成，竟痛毆兄長導致心臟衰竭死亡，被依傷害致死判刑。

11 奧地利女華僑返台參加十月慶典，在西門鬧區遭女慣竊扒走身上財物，熱心民眾報警追回失款。

12 北一女樂儀隊，訪美一個月後返台。

1981-1982

13 台北市西方天空出現 15 顆不明白色亮點,狀似幽浮。

14 打麻將起爭執憤而縱火,造成 7 死 7 傷,何姓男子跳樓逃生摔成重傷送醫。

15 家教中心應徵作幌子,歹徒趁機強暴女大生。

16 2 男在電玩店的機檯做手腳,意圖詐領獎金遭起訴。

17 台灣第一家連鎖書店金石堂,在汀州路開設首家門市,推出每月暢銷書排行榜,開業界先河。(1983.01.20)

18 一杯茶下肚,千萬珠寶飛了,珠寶商疑遭下藥。

19 信徒捐款遭中飽私囊。

20 家庭主婦到仁愛遠東採買年貨,順手牽羊被逮。

21 林姓男子夥同 3 人,偷竊士林玄天宮香油錢被捕。

22 74 歲老婦遇搶,神勇扯住 27 歲劫匪,警員獲報到場逮捕。

23 電玩風潮席捲大台北,青少年沉迷衍生逃學問題。(1981)

24 賭風猖獗,政府一度全面查禁電動玩具業。

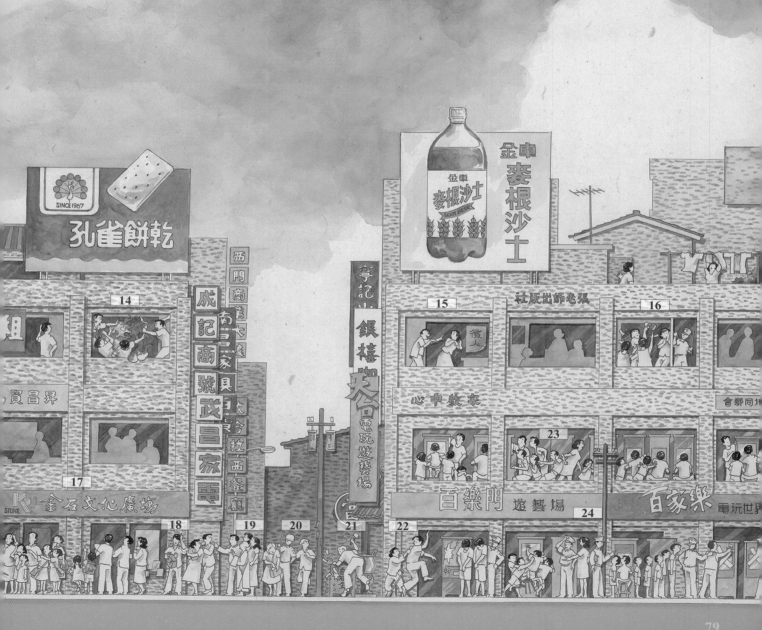

1982

1 台灣發生第一起鎘米事件，高銀化工排放含鎘廢水，農地稻作遭污染。

2 領有證照的電玩遊戲場也一律遭勒令停業。(1983.04.01)

3 青少年為吃喝嫖賭，盛行到醫院賣血。

4 退伍老兵李師科搶劫土銀案震驚社會，是台灣第一起持槍銀行搶案。5月全案宣告偵破，李師科被槍決。

5 跨國販嬰集團將收買來的 60 多名嬰孩，串通婦產科偽造出生證明再轉賣國外，被警方破獲。

6 不良計程車司機，趁乘客將行李放進車，人還沒坐上之際就把車開走，以盜取財物。

7 郭小莊創辦「雅音小集」，致力京劇改革，吸引不少年輕戲迷。

8 北市和平國中二年級學生楊柏因，跳級進入師大附中，成為國內第一位跳級保送的資優生。他 22 歲即獲得美國麻省理工學院博士學位，現任中研院研究員。

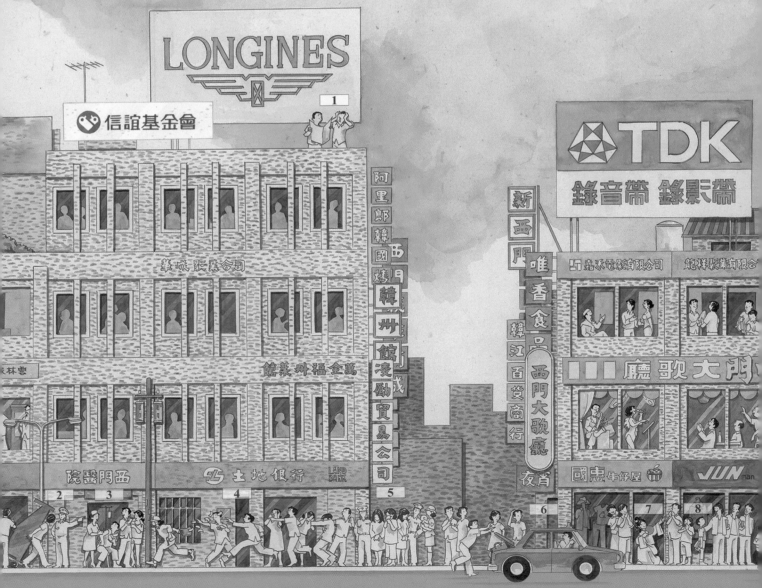

9 數名醉漢毆打兩位消防警員，還把救
　護車開走，被依法送辦。

10 《大白鯊》上映，黃牛猖獗，一票
　難求，警方擬派便衣員警取締。
　(1976.02.09)

11 政府大力推動滅鼠，新聲戲院仍發生
　老鼠咬傷女觀眾事件。(1981.03.25)

12 台灣電影分級制度正式實行。(1985.12.01)

13 少年拜託電影院打出「找二姐」的字
　幕，因為未署名，結果眾家二姐齊聚
　戲院門口。(1976.02.10)

14 為搶奪地盤，西門鬧區口香糖小販鬥
　毆事件頻傳。(1987.07.17)

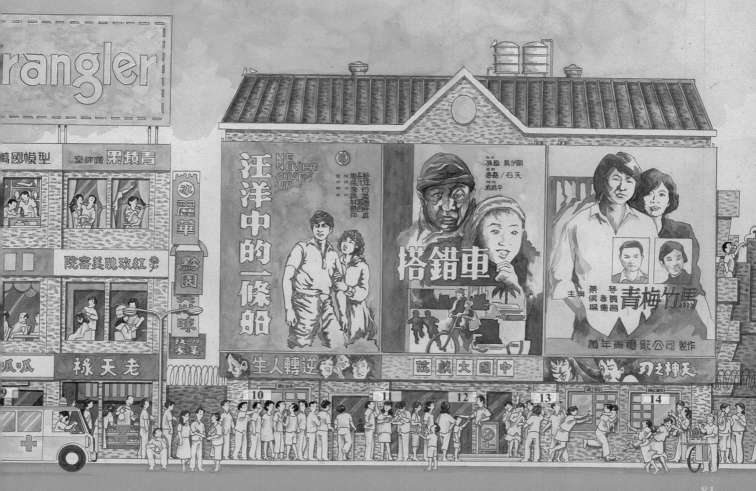

1982

1 真善美劇院因觀眾亂丟煙蒂傳火警，所幸及時撲滅，無人傷亡。(1981.10.17)

2 與台籍生父失聯 33 年，日籍女子西村則子跨海尋父，消息見報後取得聯繫，父女可望團圓。

3 游榮佳、陳坤火持 M-16 自動步槍搶劫世華銀行運鈔車，1400 萬元現金全被劫走，是台灣第一起運鈔車搶案。兩名搶匪於翌年落網並遭槍決。

4 新台幣一再貶值，匯率跌至 40.28 元兌 1 美元歷史低價位。

1982-1983

5 黃姓男子假藉開公司,把林姓求職者的身分證拿去開戶,並開出5百萬元空頭支票,害林某吃上官司。

6 惡男設局仙人跳,利用太太邀男子上賓館,再闖入捉姦並強索遮羞費。

7 公司高級主管因欠賭債,竟犯下1死3傷的殺人血案,賠掉大好前程。

8 電線桿、大樓牆壁、公寓樓梯間貼滿小廣告,有礙市容觀瞻,環保局將嚴加取締。

9 送愛到慈善機構,善心老嫗陳林桃春節前夕都捐贈白米給養老院或育幼院。

10 試機車一去不回,車行老闆把同行女傭扭送警局,結果女傭連雇主姓名都不知,同為受騙者。

11 結婚1年鬧離婚,丈夫到法院臨時反悔,搶了老婆皮包就跑,妻子憤而提告。

12 內湖老農擁上億家產,每天依然下田耕作,20年如1日。

13 計程車司機下車幫忙買檳榔,乘客竟趁機將車開走。

14 丈夫把風,太太偷咖啡罐綁在大腿上,賊夫妻在今日百貨失風被抓。

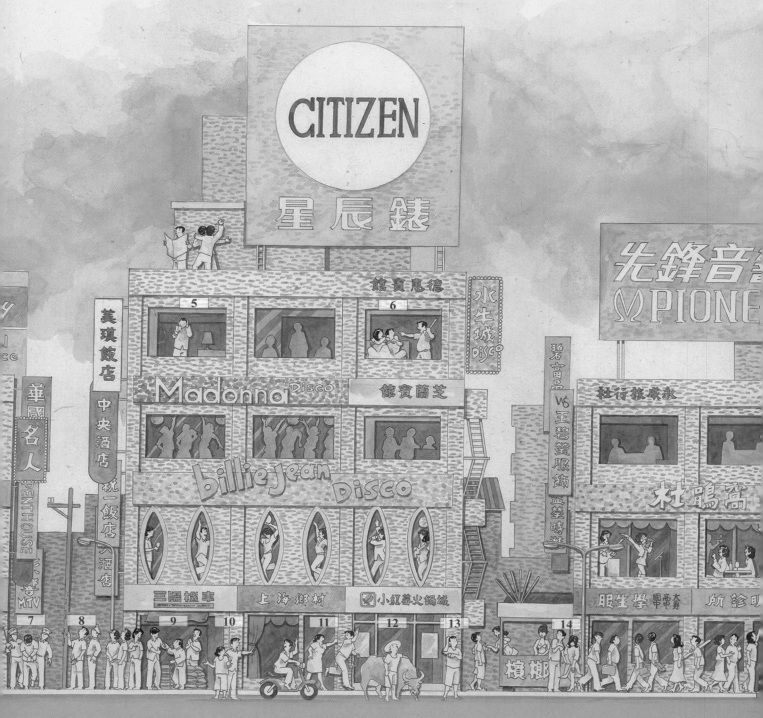

1983

1 父親出軌，母親央求充當間諜，已婚
　女兒左右為難。

2 國立台灣工業技術學院 (今國立台灣
　科技大學) 正式成立。(1974.08.01)

3 桃園國際機場開工興建。(1974.09)

4 台股大漲，指數突破 700 點，創 1962 年開市以來最高紀錄。

5 在台灣幾乎絕跡的小兒麻痺突然爆發疫潮，出現上千個病例，導致 98 人死亡。(1982－1983)

6 竊賊潛入台北華山火車站欲偷開柴油火車頭，所幸工作人員及時發現，但被偷兒趁隙逃逸。

7 新生代導演發起台灣新電影運動，《光陰的故事》、《兒子的大玩偶》等新浪潮電影興起。

1983

1 台北市立美術館正式開館，為台灣第一
座現代美術館。

2 台灣第一條快速公路：麥克阿瑟公
路完工通車。(1964.05.02)

3 西德在台北成立德國文化中心；2009
年 7 月 1 日，更名為台北歌德學院。
(1963.06)

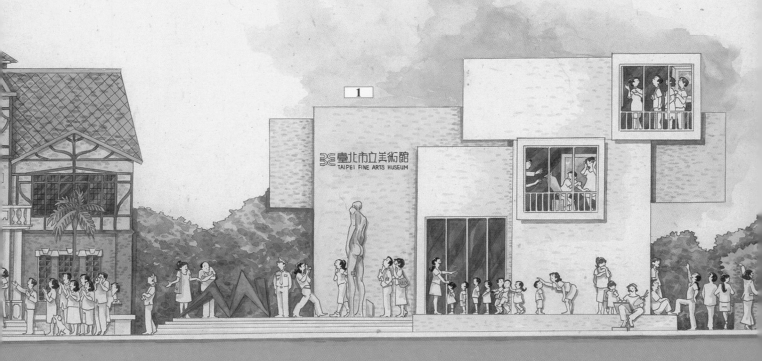

1984

4 市面出現價格低廉的黑人牙膏,疑似軍公
  教福利品流出,經調查證實是仿冒品。

5 扒手冒用身分證應訊,警方不明就裡,竟
  將王姓男子移送法辦,鬧出大烏龍。

6 美國一艘護航艦在西雅圖移交台灣,命名
  為「太原號」。(1968.07.10)

1984

1 螢橋國小驚傳潑酸慘案，精神病患蔡
心讓闖入 2 年 1 班教室潑灑硫酸，導
致 37 名學童及老師遭灼傷，兇嫌隨
後當場切腹自殺死亡。

4 坐月子中心興起，台北市就有 10 餘家。

5 蔡溫義在洛杉磯奧運一舉拿下銅牌，
開啟台灣舉重運動盛世。

2 二度結婚再生波，丈夫好賭，妻子憤
而持菜刀追殺；丈夫躲進警局，妻子
遭送辦。

3 旅美華僑蔡雲輔駕駛「華僑精神號」
從美國舊金山飛抵台北，創下單引擎
小飛機橫越太平洋的世界紀錄。

6 松江路巷內遇雙煞，男子被搶勞力士
　金錶，大聲求救卻無人理會。

7 「鵝媽媽」趙麗蓮博士結束長達 40
　年的空中英語教學節目。

8 國安局主持「一清專案」，進行台灣
　光復以來最大規模的掃黑行動，竹聯
　幫大哥陳啟禮、吳敦均在第一波行動
　被捕。

9 不良藥商從美國進口家畜用飼料奶粉，
　改製成嬰幼兒專用奶粉 S95。

1984-1985

1 電影《老莫的第二個春天》上映,探討老兵的婚姻問題,反映當時台灣社會現象。

2 百貨商家越來越講究櫥窗設計,以留住消費者的腳步。

3 警員喬裝觀眾，潛入獅子林歌廳蒐證，
　將表演脫衣舞的女子逮個正著，獅子林
　牛肉場正式吹熄燈號。(1996.08.24)

4 消費者文教基金會檢驗黑松沙士，發
　現內含致癌物黃樟素，黑松公司因此
　全面回收產品並改良配方。

5 單親媽媽郭何淑霜獨力扶養 6 小孩，
　為響應政府掃黑，慨捐新台幣 21 萬
　元，作為警員安全基金。

6 台灣躋身世界長壽國家之林，男性平
　均壽命達 70 歲、女性達 75 歲。

1985

1 十信弊案爆發，台北第十信用合作社理事會主席蔡辰洲利用人頭貸款及違規放款，致使庫存現金不足，消息走漏引發擠兌，數千存款戶畢生積蓄付諸東流，多名黨政高層也因本案下台。

2 高中畢業考，本學年度起廢止。

3 勞基法正式施行。

4 賴聲川導演，李國修、李立群主演的舞台劇《那一夜，我們說相聲》，開創台灣現代劇場新紀元。

5 洋菸洋酒開放進口。

6 老公不滿老婆吵架後跑到友人家中哭訴，夥同弟弟持刀將友人兄弟砍傷。

7 年關將近，假酒充斥，北市松山區某酒廊老闆被查獲 2 百多瓶未貼標籤的 XO。

8 初生女嬰被棄在三愛醫院附設的「棄嬰之家」門口，院長暫時將女嬰安置。

9 台灣第一名試管嬰兒在北市榮總誕生。

10 昔日「西門之花」情場失意又染毒癮，令人不勝唏噓。

11 知名諧星許不了因心臟衰竭病逝。

12 「阿秋檳榔」開創檳榔販賣新型態。

13 公賣局以泰國進口的毒玉米製酒，疑似含有黃麴毒素，相關產品全面停售。

14 德泰油行負責人林德卿提煉劣質餿水油販售給台北夜市攤商及小吃店，10 年牟利破 5 千萬。

15 農民健康保險開始試辦。

16 金光黨設圈套，男子被騙百萬，還一度謊稱是搶案。

93

1986

1 吳新華強盜集團，5 年殺害 14 條人命，「殺人魔」惡名震慄全台。(1982 － 1986)

2 48 歲不孝女任母親遺體在馬偕醫院太平間放置 6 年，被依遺棄屍體罪起訴。

3 孫越擔任董氏基金會義工，呼籲「拒吸二手菸」，廣獲各界響應。

4 第三代台北火車站開始拆除。(1986.03.01)

5 建商想還清高利貸借款，地下錢莊負責人不僅避不見面，還提示抵押支票，害建商商譽不保。

6 行政院核定台北都會區大眾捷運系統初期路網。

7 為遏止車行剝削，交通部全面凍結計程車營業牌照。

8 台灣全面換發新身分證。

9 搶客人結樑子，兩家水餃店大打出手，10 人送辦。

10 加值型營業稅施行，稅率 5%。

11 首屆台北國際馬拉松比賽開跑。

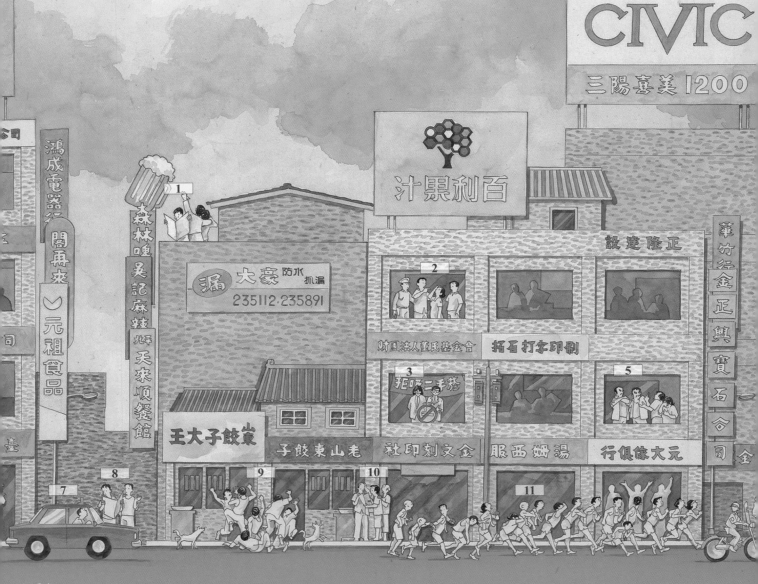

12 華航 334 號貨運班機自曼谷飛往香港途中，遭機長王錫爵劫持飛往廣州白雲機場降落，被稱為 1949 年後兩岸直航第一人。

13 林宗誠集團縱橫全台強盜殺人，犯下海地大使館警衛、民生東路警衛亭、土銀運鈔車搶劫等奪槍殺警案及其它刑案超過 200 件；成員竟然還有在職警察溫錦隆，震驚社會。(1983－1986)

14 南台灣出現毒牡蠣，工廠將清洗廢五金的廢酸液直接排入二仁溪中，下游出海口養殖的牡蠣因吸收銅離子，顏色逐漸變綠，長期食用會傷害肝臟及消化系統。

15 「大家樂」旋風席捲全台，民眾湧入大小廟宇求明牌。

16 「大家樂」賭風造成多人傾家蕩產，治安問題層出不窮，政府只好停辦愛國獎券。(1987.12.27)

17 兩匪徒騎車持搶欲搶銀行出來的會計，反被眼尖的老闆開車追撞，造成匪徒 1 死 1 傷，還讓警方得以循線破獲涉及數十起重大刑案的林宗誠犯罪集團。

18 卡拉 OK 成為最時興的休閒娛樂，但為點歌或搶麥克風起爭執也屢有所聞。

1986-1987

1 丈夫車禍受傷癱瘓，洪張英撐起一家生計，撫養 5 名子女及年邁婆婆，傳為地方美談。

2 股價指數首次突破千點，台股創 24 年來最高。

3 男子異想天開，偷走老婆私房錢 9 萬元，然後自綁手腳謊稱被搶，結果被拆穿遭判刑。

4 近百名計程車司機前往立法院陳情，抗議車行剝削，希望打破壟斷的「靠行」制度，開放個人車行牌照。

5 中華女籃首度進軍世界杯，赴莫斯科參加第 10 屆世界女子籃球錦標賽。

6 王瀚以 8 小時 3 分泳渡直布羅陀海峽，是首位挑戰成功的華人。

7 教育部宣布廢除髮禁。

8 財政部宣布自 1989 年 1 月 1 日起恢
復課徵證交稅，造成股市下跌長黑
19 天。(1989.01.01)

9 抗議進口速食售價太高，主婦聯盟發
起抵制活動。

10 新台幣兌美元匯率漲破 35 防線；台灣
外匯存底破 500 億美元，名列世界第 2。

1987

1 警方破獲大型牛郎應召站，96名男子涉賣淫，其中不乏大學生、高中生等知識分子。

2 第二高速公路動工興建。

3 11歲少女蹺家當雛妓，陪宿62歲老翁被捕，父親希望女兒接受感化教育。

4 屠宰稅走入歷史，屠體不再蓋滿驗戳。

5 環保局立法回收寶特瓶，落實污染防治。

6 少年失戀後在雙手刺青，表達對前女友的眷戀，但又後悔擔心交不到新女友，因此赴警局求助，警察也無能為力。

7 經濟部商品檢驗局將兒童玩具納入檢驗，提升國產玩具安全標準。

8 台幣升值影響外銷訂單，迫使業者轉往國外投資。

9 政府宣布解除戒嚴，「動員戡亂時期國家安全法」同日施行。

10 北市青果業者罷市，抗議台北農產運銷公司剝削。

11 屈臣氏登陸台灣，帶動藥妝連鎖店興起。(1986.08)

12 為保升學率，北市各國中紛紛往鄰近
學區拉學生，造成越區就讀問題。

13 飆車歪風從北市大度路蔓延全國，造
成不少年輕人喪生，警方雖動用大批
警力取締，但未能有效遏止。

14 台北市立動物園搬新家到木柵，數十萬
民眾夾道歡迎，爭睹動物喬遷大遊行。
(1986.09.14)

1987

1 圓山動物園大門右側興建台北市第一
座地下人行道。(1964.09.20)

2 畫家張大千捐贈敦煌壁畫臨摹本，入
藏台北故宮博物院。(1969.01.18)

3 台灣經濟研究院成立。(1976.09.01)

4 颱風「賽洛瑪」席捲南台灣，造成 58
  死 14 失蹤 306 傷，是南部數十年來
  最嚴重的災害。(1977.07)

5 證券交易活絡，課稅頻頻超收，創股
  市開市 25 年最高紀錄。

臺北廣播電臺

白馬牌業大陽製藥廠 華南銀行

臺北市銀復華證券

1987·1988

1 「老兵返鄉探親運動」展開，要求政府開放大陸探親。

2 開放探親釀家庭悲劇，婦人擔心老公返鄉找元配，趁老公熟睡時潑灑毒液，自己和兒子也受波及，3人被送往醫院急救。

3 股市連日重挫，數百名投資人走上街頭，抗議政府干預股市，導致股價下跌。

4 行政院宣布12月起開放民眾赴大陸探親，即日起由紅十字會受理登記。

5 統一飲料遭下毒，食品業者聞之色變。

6 台灣爆發第一起「千面人」犯案，梁國平、張聰南及黃文忠將氰化物毒液注入統一蜜豆奶，先造成台中縣兩名女童中毒身亡，隨後打電話向統一公司勒索1千5百萬元，警方據報在台南市將3人逮捕。

7 信誼幼兒圖書館啟用，是台灣第一座
幼兒專門圖書館。

8 婦人代夫頂罪，被法院判刑確定後，
丈夫突然自首，坦承自己才是大家樂
組頭。

9 色男穿胸罩和三角褲佯裝女人，混入
公共溫泉浴室意圖偷窺遭識破，被扭
送警局。

10 南陽實業公司承認，370 輛遭琳恩颱
風泡水的喜美汽車已流入市面。

11 發行 37 年 9 個月的愛國獎券，正式喊停。

12 報禁解除，報紙開放登記及增張。

13 已有 3 次竊盜前科的 10 歲女童，在力
霸大酒樓行竊又失風被捕。

14 婦人遭金光黨搭訕，被騙走現金 50 萬。

15 柏青哥（小鋼珠遊戲機）解禁。

1988-1989

1 總統蔣經國病逝，副總統李登輝繼任。

2 中華民國紅十字總會開辦寄往大陸地區的信函業務。

3 國小女童誤搭賊車，遭計程車司機綁架勒贖 70 萬元。

4 吳榮根控告前女友及其家人詐欺。

5 跆拳女將陳怡安、秦玉芳，雙雙摘下漢城奧運跆拳道示範賽金牌。

6 中正機場演鬧劇，一家人為爭兩億遺產扭扯一團。

7 男子假冒和尚化緣行騙，大開葷戒遭識破。

8 前台北市消防局長之子禹建忠，連續襲擊女子劫財，兩年內在士林地區犯案 26 起，被稱為「士林之狼」，5 名婦女因此傷重死亡。(1986－1988)

9 北市公車開放設置車廂外廣告。

10 女友拒簽「愛的諾言契約書」，遭狠
　　男潑毒液。

11 婦人帶兒女及鄰居女童到西門町行
　　竊，失風被捕，警方以涉嫌教唆扒竊
　　等罪名移送法辦。

12 賭大家樂欠巨債，男子找拾荒者喬裝
　　投資公司董事長，吸金高達1億餘元。

13 財團大炒土地，地價飆漲，農地萎縮。

14 環保署禁止多氯聯苯使用於食品工業。
　　(1988)

15 台北舶來品售價，高居全球8大城市
　　第2位。

1989

1 管鐘演強盜殺人集團在大台北犯案累累，
 兩年間奪走 7 條人命。(1988－1989)

2 「台北之狼」張正義利用計程車挾持被害人
 劫財劫色，共有 6 名婦女慘遭姦殺棄屍，是
 台灣第一起連續性侵殺人案。

3 台北股市日成交值破千億。

4 台股開戶人數突破 300 萬。

5 台灣經濟狂飆，《人間》雜誌封面出
 現「台灣錢淹頭殼」標題。

6 台灣第二大地下投資公司龍祥機構，
  突然宣布停止出金。

7 桃園第一高爾夫球場官商勾結弊案，
  法務部長蕭天讚遭指涉嫌關說，自請
  下台。

8 會員制俱樂部蔚為風潮，會員證價格不
  斐，被視為財富與社會地位的象徵。

9 台灣錢淹腳目，大富豪、花中花等高
  檔消費酒店林立。

1989

1 婦人因股票被套牢，持房地契向地下錢
莊借款又遭坑騙，憤而控告林某等 3 人
詐欺。

2 前中姐淩蕙蕙因獎金爭議遭摘除后冠，
憤而發表《我的控訴》，指控台北市
觀光協會理事長周迺嵩利用中姐當交際
花，破壞中國小姐形象。

3 吳清友創立誠品書店，首家據點「敦
南店」啟幕。(1989.01.24)

4 男子積欠賭債遭債主拘禁，從浴室丟
出求救字條才脫險。

5 周幸川夫婦非法吸金高達 36 億元，
上千股友遭詐騙。

6 「無住屋者團結組織」發起夜宿忠孝
東路抗爭活動，35 萬無殼蝸牛參加。

1989

1 為幫情郎創業借高利貸，反被捲走 2
  千多萬還與夏文汐結婚，女星鄧瑋婷
  泣訴男友黃冠博是感情騙子。

2 中國造船公司與台灣造船公司合併
  為「中國造船公司」。(1978.01.03)

3 抗議著作權法修正草案不公，錄影帶出租業者集體罷市3天。

4 吳奇隆、蘇有朋、陳志朋組成的「小虎隊」，紅遍大街小巷，風靡無數青少年。

5 婦人遇上金光黨，提領130餘萬元，被以一包糖掉包全沒了。

6 金馬獎擴大為國際影展，增加國際影片競賽項目。

7 棄嬰認養傳美談，蕭姓婦女在環亞百貨門口，遇到婦人藉口託嬰卻一去不回，於是好心收養女嬰。

1 台灣最大的地下投資公司鴻源機構爆
發財務危機，20萬投資人遭牽連，金
額高達9百億元。

2 可憐雛妓「秋花」隨老鴇賣淫被查獲，曾遭兄長及生母兩度推入火坑。

3 無良老爸因積欠大筆賭債，竟夥同朋友綁架親生女兒，並向自己的父親勒贖2千萬元。

4 《大成報》創刊，以影視及體育新聞為主。

5 父親病逝留下兩億遺產，引來親戚覬覦，鬧得雞犬不寧，7名子女只好躲進警局做功課。

6 中華職棒元年開賽，統一獅以 4:3 擊敗兄弟象。

7 電信局女員工翹班到證券公司炒股，巧遇情敵大打出手，判賠兩萬元。

8 糊塗行員將外籍女子定存金額7萬5千元誤載為75萬元，幸法官調閱錄影帶，計算點鈔機秒數，判銀行勝訴。

9 單親媽媽欠分期付款4萬元未繳，遭法院判刑並羈押將近4個月；經報紙披露後，引起各界關切，終獲保釋返家與女兒團聚。

10 統一超商與DHL合作，在全台438家 7-11門市提供國際快遞服務。

11 華航職員劉艷玲、陳麗惠取得商業飛機飛行執照，成為台灣首批民航機女駕駛。

12 《花花公子》台灣版因內容涉及妨害風化，發行人和總編輯被移送法辦。

1990

1 北市交通大隊執行違規拖吊，竟將車內的 3 歲小男孩一併拖走，棄置在拖吊場達 90 分鐘。

2 2 老千假裝到衡陽路寶島鐘錶公司買錶，伺機偷走櫥窗內 4 只名錶，價值超過百萬。

3 張姓士兵疑不堪老兵欺凌，攜械逃亡打算自殺，並挾持尚姓夫婦，幸兩人保持冷靜，力勸他棄械投案，才化解危機。

4 大學生沉迷電玩欠下賭債，竟持刀搶劫，當場被逮，後悔莫及。

5 受伊拉克入侵科威特等國際危機影響，台灣股市一路崩跌達 78%，創最大跌幅。

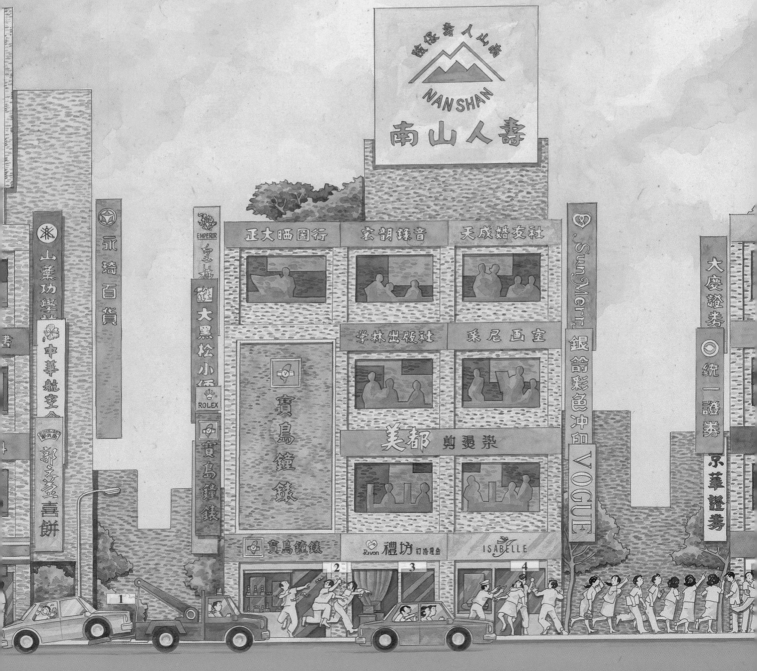

6 警察廣播電台首度利用直升機進行路
　況報導。

7 台北市發行「愛心獎券」，掀起民眾
　搶購熱潮。

8 由高雄縣路竹鄉精神病患組成的「龍
　發堂大樂團」，在國父紀念館演出。

9 15歲孫兒與阿嬤相依為命，不思孝
　順，竟把她辛苦拾荒的積蓄8萬餘元
　全部偷走。

1991

1 誠品書店於 1995 年遷至敦南現址，1999 年首創 24 小時不打烊。(1995－1999)

2 天龍三溫暖大火，十八人命喪火場；業者用磚塊封死通道，是傷亡慘重主因。

3 「只要我喜歡，有什麼不可以」，司迪麥口香糖廣告詞引起爭議，遭新聞局禁播。

4 不滿女兒燙髮被揮剪修短，家長竟把國中女老師的頭髮也剪下一把，被地檢署提起公訴。

5 「小黃」來了，交通部規定計程車一律改噴黃色。

6 亞洲四小龍去年經濟成長率，台灣敬陪末座，民間資金大量流向大陸。

7 大陸機械零件轉銷台灣成長驚人，兩岸貿易產生結構性變化。

8 第一批合法引進的 31 名外勞抵台，15 日正式開工。

9 竊賊專偷公用電話，做案超過百次，昨天凌晨落網。

10 男子向地下錢莊借貸近 2 百萬元，因無力償還而遭暴力討債。

11 榮民衣履光鮮被金光黨誤為肥羊，3 騙徒發現他僅有存款 4 千，憤而把錢搶走。

12 財政部核准 15 家民營銀行設立。

13 總統李登輝頒贈證嚴法師「慈悲濟
世」匾額，表彰慈濟功德會行善濟
世。(1989.10.28)

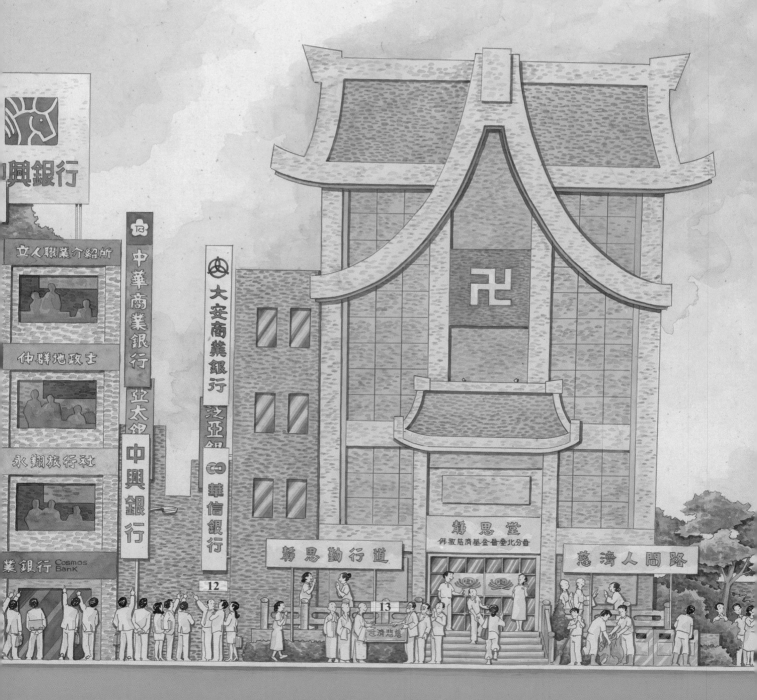

1991-1992

1 老兵台灣老婆過世後，想和大陸元配恢復婚姻關係，不料到戶政事務所辦理，卻觸犯偽造文書罪。

2 電話交友業者無法可管，少女無知受騙頻傳。

3 女子誤信美容院洗頭小姐，拿出1百多萬元炒股，事後發現被騙，憤而提告。

4 歹徒陳希傑夥同潘哲明在台北縣市7家麥當勞放置炸彈，向台灣麥當勞勒索6百萬元；刑事局防爆小組隊員楊季章在民生東路麥當勞拆除炸彈時不幸殉職，是台灣首件炸彈恐嚇勒索案。

5 「明星唱片超市」開幕，首見電腦化經營管理唱片銷售。

6 范麗青、郭偉鋒來台採訪閩獅漁船事件，是40多年來大陸媒體首次抵台。

7 金光黨佯裝凱子，以勞力士金錶為餌，雙姝被誘反遭下迷藥劫財。

8 日本女星宮澤理惠裸體寫真集在台引發搶購。

9 李姓兄弟與母親聲稱有六合彩明牌，詐騙金額近億元，被台北市調處移送法辦。

10 為彌補老婆生前花掉大筆醫藥費，老公竟在妻子靈堂聚賭抽頭。

11 菜販到士林分局控告老婆賣掉 3 名親生子女，遭妻反控「老公不顧家，無力獨自撫養，才將小孩送人」。

12 台灣廢止「攜帶外幣出入境限制辦法」，開放黃金自由進口、白銀自由進出口。

13 台灣全面取締 MTV 播映未合法授權錄影帶及影碟。

14 2 女向老榮民謊稱可低價辦理返鄉探親，然後伺機在飲料裡下迷藥劫財，已有 10 餘人受害。

15 北市健康幼稚園舉辦校外旅遊教學，遊覽車電線走火引發火燒車，造成 23 人不幸死亡，老師林靖娟為搶救學童葬身火海。

16 1958 年 5 月成立的台灣警備總司令部正式裁撤。

17 北市中山分局臨檢林森北路六三酒吧，8 名陪酒小姐坦承曾出場陪宿。

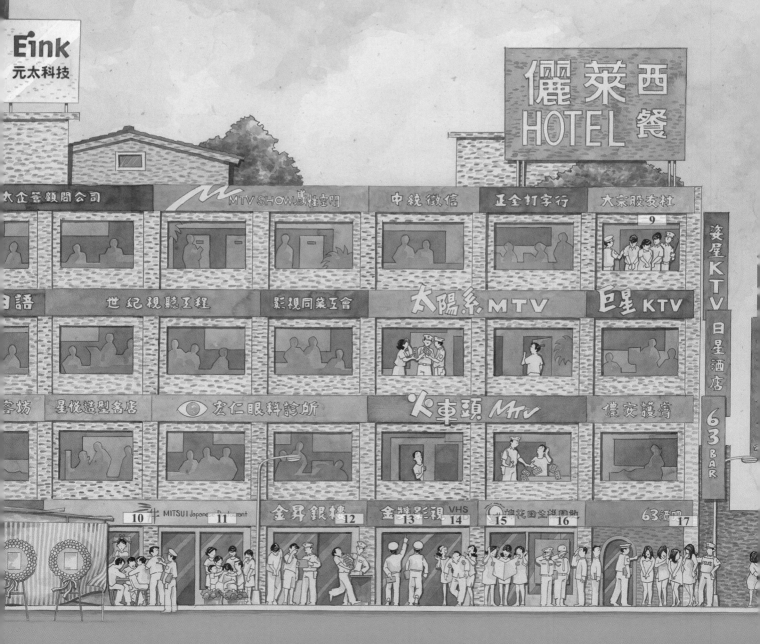

1992-1993

1 龍江路民生別墅發現輻射鋼筋，輻射屋引發社會關注。

2 解除婚約鬧進法院，女方要求索還 2 百多萬元金飾並請求精神慰藉金 3 百萬元。

3 兒孫移居美國，老伴中風住院，93 歲獨居老人因洗完澡無力起身，被發現時已泡在浴缸 3 天。

4 3 歲女童陳以恬遭歹徒擄走 6 年，母親長年以淚洗面，盼各界協尋。

5 走失男童輾轉被人收養，事隔兩年多，才重回父母懷抱。

6 計程車之狼陳明華強將女子拖進大廈地下停車場施暴，遭居民發現，群起圍毆。

7 前英國首相柴契爾夫人來台訪問。

8 《金賽性學報告》在台灣出版，銷售量達 16 萬冊。

9 男子腳踏兩條船，結婚又跟小三生子，元配怒告重婚，法院卻判無罪。

10 神話世界 KTV 遭酒醉計程車司機縱火，16 人不幸喪生火窟。

11 癡情男求婚遭女方母親反對，多次跪在女友家門外，都被用掃帚驅趕。

12 無照酒駕男子失控撞上路燈桿，造成車上 1 死 5 傷。

13 論情西餐廳凌晨發生大火，因逃生門
  堵死，受困民眾從 2 樓跳窗逃生，這
  宗疑似人為縱火案造成 33 人枉死。

14 《有線電視法》公告施行，有線電視
  正式開放。

15 景興與景美兩校國中生疑因爭風吃
  醋，準備械鬥，經大批警員驅散，當
  場逮捕 8 人。

1993

1 中國大陸民航機爆發劫機潮，1993年有 21 架客機遭劫，其中 10 架成功被劫往台灣。

2 男子梁興登不滿卡爾登理容院老闆欠債不還，以引火自焚的方式縱火，造成 21 人慘死。

3 12 歲女童智能不足且半身癱瘓，不但被母親當成行乞工具，還淪為胡姓繼父的洩慾對象，警方將 2 人移送法辦。

4 女子搭公車打瞌睡，長髮竟遭陌生男子剪掉，事後該男子賠償兩千元了事。

5 同志運動家祁家威在街頭發放保險套，宣導安全性行為及愛滋病防治。

6 南非「非洲民族議會」主席曼德拉抵
台訪問，與李登輝總統會晤。

7 法國在台北設立法亞貿易促進會
（FATPA）。(1978.10)

1993

1 流行音樂巨星麥可傑克森來台舉行
「危險之旅」演唱會。

2 台灣地區老年人口突破 7%，老化速
度居全球第一。

3 興雅國中驚傳校園暴力事件，高姓學
生夥同 10 名少年，闖入教室挾持老
師並毆傷 1 學生。

4 夫妻因細故爭吵，老婆想拿菸灰缸砸
老公，反遭壓在地上 4 小時，法院依
妨害自由罪，判處老公拘役 30 天。

5 退伍軍官只買 1 杯豆漿，被伙計依
「光買豆漿 敬請勿坐」的店規請出
門，兩人爆發衝突，大打出手。

6 地下錢莊太誇張，借貸 80 萬元，當場
被扣 20 萬利息，兩個月後更利滾利達
230 萬，商人無力償還，遭暴力討債。

7 上千名佛教徒齊聚七號公園（後改名
大安森林公園），發起「觀音不要走」
請願活動，希望保留園內觀音像。
（1994.02.19）

1994-1995

1 新光摩天大樓正式啟用，樓高 51 層，成為台北市新地標。

2 17 歲逆子要不到錢，就對 68 歲老父拳腳相向，老父無奈只好報警。

3 菲傭不滿雇主違反就業服務法，強迫她從事其他工作，赴警局提告。

4 台灣首位曝光愛滋病帶原者林建中，呼籲社會正確認識愛滋病。

5 二哥大行動電話（CT-2）開放民營。

6 前蘇聯總統戈巴契夫訪台。

7 衛生工程公司真不衛生，長期將水肥偷倒在下水道，遭憤怒居民報警抓人。

8 男子假扮和尚在龍山寺前托缽，還兼表演國術賺錢，被依詐欺罪移送法辦。

9 66 歲老翁偷腳踏車不慎摔傷，警員自掏腰包贈拐杖，車店老闆也願協助就業。

10 「女書店」開幕，為台灣第一家女性主義專業書店。

11 巨星鑽 KTV 因電線走火引燃招牌，火勢迅速延燒整棟大樓，13 人不幸喪生。

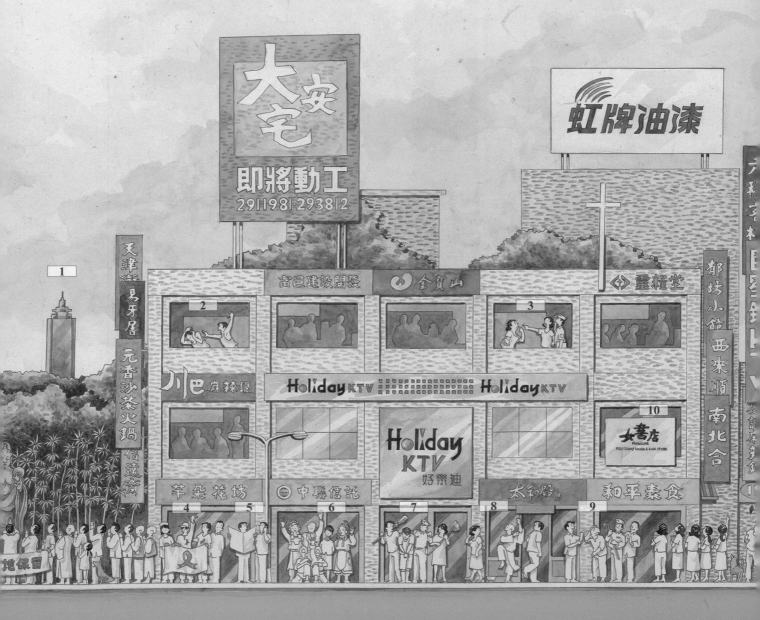

12 違建就地合法，台北市政府宣布，1994 年底前建造的頂樓加蓋屬「既存違建」，可獲緩拆；1995 年後的新違建則即報即拆。

13 穿牆大盜林進發鑿穿華南銀行大稻埕分行金庫，搬空現金 9 千多萬元，是台灣有史以來金額最高的銀行竊案。

14 全民計程車隊戴姓司機因停車糾紛被殺，車隊占據德惠街設靈堂公祭，翌日警方強制驅離，引發警民流血衝突。

15 選舉期間，不同計程車隊或司機與乘客之間，常因政治立場發生糾紛及衝突事件。

16 中央健康保險局正式成立，3 月開始實施全民健保。

17 兩名女會計遭兩名機車搶匪搶走裝有 2 百萬元的現金袋，搶匪逃逸途中一路掉錢，最後追回 1 百萬元。

1995

1 台大女生宿舍放映 A 片，引發社會興論激辯。

2 快樂頌 KTV 凌晨遭一名青少年以汽油彈縱火，造成 11 人不幸喪生。

3 警方在全台執行「旭日專案」，大規模臨檢深夜未歸的青少年。

4 歌星鄧麗君氣喘病發猝逝泰國清邁，
享年 43 歲。

5 松山慈惠堂許願池遭竊，兩小偷以雨
傘和口香糖沾黏池底硬幣被逮。

1995

2 美國國會通過《台灣關係法》，於同
　年 4 月 10 日生效。(1979.03.29)

3 西部縱貫線（基隆至高雄）鐵路電氣
　化全線完工。(1979.06.26)

4 以布莊街聞名的衡陽路發生大火，18 家老字號布莊、銀樓付之一炬。

5 病死雞流入市面，製成鹽酥雞及雞排販售，恐危害身體健康。

1995-1996

1 全民計程車與大豐計程車在公館圓環
擦撞，雙方各自以無線電呼叫動員，
引發街頭大混戰。

2 翡翠水庫開工興建。(1979.08)

3 台灣最後一次實施「日光節約時
間」，7月1日0時至9月30日24
時，全國各地時鐘均予撥早1小時。
(1979.07.01)

4 為挽救房市、提振景氣，央行祭出 800 億元低利貸款。

5 「網咖」快速興起，成為熱門約會地點。

6 瓦斯車上路，國內第一家合格瓦斯車安裝廠開幕。

7 計程車司機羅讚榮，車子被歹徒偷去作案，還被警方誤認為「計程車之狼」，遭法院一審判刑 13 年。

8 2 女金光黨裝瘋賣傻行騙，62 歲婦人上當，百萬現金和首飾被掉包成一堆麵條。

9 84 年國民捐血量，平均每百人 6.6 袋。

1996-1997

1 捷運木柵線正式營運，是台北捷運第
一條通車路線。

2 「飢餓三十」愛心募捐活動邁入第 7 年。

3 南迴鐵路動工興建。(1980.07.01)

4 名格、明崎等不肖商家從澳洲進口飼
　料奶粉充當食用奶粉，賣給食品加工
　業者，危害消費者健康。

8 被控利用分身顯相照片向信徒詐財30
　億，宋七力獲判無罪。

9 飛碟電台開播。

5 作家許佑生與男友葛瑞公開舉行台灣
　第一場同志婚禮，引發關注與討論。

10 福建湄洲媽祖金身首度來台，今舉行起
　駕儀式，全台十多座宮廟、近2百名信
　徒前往迎接。

6 職棒再度爆發簽賭事件，涉嫌收賄打
　假球的球員達數10名。

7 琉璃工房舉行10年大展。

1997

1 原訂由高雄飛往台北的遠航128號班機，在台灣旅客劉善忠身淋汽油威脅下，被劫往大陸廈門高崎機場，機上158名旅客和機組人員，當晚搭乘原班機返回台北，劫機犯被扣留偵辦。

2 延吉街一棟7層樓公寓傍晚發生火警，消防局出動消防車、雲梯車搶救，6名住戶順利脫困。

3 台灣爆發口蹄疫，政府進行緊急防疫，
　撲殺4百萬頭病豬，養豬業損失慘重。

4 藝人白冰冰女兒白曉燕，在林口住家附
　近遭陳進興、林春生、高天民三名匪徒
　綁架勒贖5百萬美金，並遭凌虐殺害棄
　屍，警方展開全面追緝，林春生、高天
　民在逃亡過程被擊斃。

5 一名警員為求績效，竟唆使友人謊報汽
　車失竊，卻在報案時遭識破。

1 國家戲劇院及國家音樂廳正式啟用。
(1987.10.06)

2 中正紀念堂落成並開放參觀。
(1980.04.04)

3 台北首度舉行國際獅子會年會，來
自161個國家和地區、近4萬名獅友
參加。(1987.07.01)

4 台灣爆發野百合學運（又稱三月學
運），在1990年3月16日至3月22日期
間，最多有將近6千名來自全國各地
大學生，在中正紀念堂廣場靜坐要求
民主改革。

5 多明哥、卡列拉斯、黛安娜羅絲的二
王一后「跨世紀之音」演唱會，在中
正紀念堂廣場舉行，吸引將近7萬名
觀眾。(1997.05.20)

6 環保團體在中正紀念堂廣場舉行台
灣首次地球日（Earth Day）活動。
(1990.04.21)

7 寶藏巖聚落被台北市政府劃為公園
預定區，除了觀音亭古蹟外，當地
違章建築面臨拆遷。(1980.07)

1997-1998

1 京劇名伶顧正秋與胡少安在國家戲劇
院演出《龍鳳呈祥》。(1990.06.05)

2 騎乘機車須戴安全帽即日起實施，違
者罰款 500 元。

3 第 4 家無線電視台「民視」開播，是
台灣第一家民營無線電視台。

4 北市上百名公娼蒙面上街頭，到市政
府與市議會陳情，希望暫緩廢娼。

5 華航 676 號班機在桃園國際機場附近
　失事墜毀，並波及民宅與汽車，共造
　成 202 人死亡，其中包括央行總裁許
　遠東夫婦，史稱「大園空難」。

6 台北捷運淡水線全線通車，當日運量
　14 萬人次創新高。

7 歌手張雨生發生車禍，陷入昏迷，11
　月 12 日不治死亡。

8 白曉燕命案主犯陳進興闖入北投行
　義路南非駐台武官卓懋祺官邸，挾持
　一家 5 口，與警方對峙 24 小時後棄
　械投降，全案終告偵破。

9 北市舟山路與頂好商圈出現「割臉之
　狼」、「割腿之狼」，警方呼籲夜歸
　婦女提高警覺。

10 何姓婦人疑因精神異常，到北一女校
　門口潑灑硫酸，19 名女學生及 1 名路
　人灼傷送醫。

11 誤信報紙「信用卡貸款」廣告，50 位
　民眾刷卡買機票換現金，不料歹徒拿
　到機票就逃逸。

12 北市交通大隊開始強力取締酒醉駕
　車，違者處 6 千元罰鍰。

1998

1 陳姓男子持刀挾持公車逾兩小時後棄械
　投降，人質平安獲釋，陳嫌被依殺人未
　遂罪起訴，但法院以其精神異常，最後
　判決無罪。

2 台灣版《花花公子》遭台北地方法院
　判決為猥褻刊物。

3 17 歲少女卡雅從澳洲來台尋親，憑著
　兒時照片及眼角胎記尋獲生母。

4 吳姓女子觸犯民航法遭法院判刑 5 個
　月，成為飛機上打手機的首宗判例。

5 前警大電算中心主任郭振源利用職務
之便，收受 6 名考生賄賂以竄改考試
成績，收賄數百萬元，今天遭到逮捕。

6 《2100 全民開講》1994 年首開台灣
電視政論節目先河，隨著民主開放與
媒體市場化，政論節目日益蓬勃。

7 「華山藝文特區」正式啟用。

8 「隔周休二日」正式施行。

1998-1999

1 爭睹世紀末天文奇觀，獅子座流星雨掀起觀星熱。

2 一名香港旅客從凱悅飯店搭計程車到國泰醫院，司機竟趁他下車之際強將行李載走。

3 華裔音樂家林昭亮、馬友友與鋼琴大師布朗夫曼首度在「國際巨星音樂節」同台演出貝多芬《三重協奏曲》，震撼台灣樂迷。(1997.03.09)

4 腸病毒肆虐，全台出現上百萬個案，78 人死亡。

5 萬華區林姓女子因鄰居的雞啄食家門前花木，把雞綑綁起來，黃姓主人得知後，憤而持拐杖將林女打到送醫急救。

6 台灣加入 WTO 前夕，傳出米酒將大幅漲價，引發商家囤積與民眾搶購。

7 公賣局宣布停止供應稻香酒及紅標米酒，改推「稻香 20 度米酒」取代。

8 台北市攤販年收入 200 萬元以上者超過 3 成。

9 立法院三讀通過《菸酒管理法》，開放民間可以公開方式參與菸酒產銷，台灣實施近 50 年的菸酒專賣制度宣告結束。

10 麥當勞首度推出「凱蒂貓」（Hello Kitty）玩偶，掀起全台搶購熱潮。

1999

1 不肖業者私釀米酒添加「甲醇」，造成數
10人死亡並有多人失明。(1998－2002)

2 澳洲無尾熊在台北市立動物園正式亮相。

3 芮氏規模7.3的「921大地震」撼動全台，
是台灣光復後傷亡損失最慘重的天災；光
是北市東星大樓倒塌，就造成87人罹難。

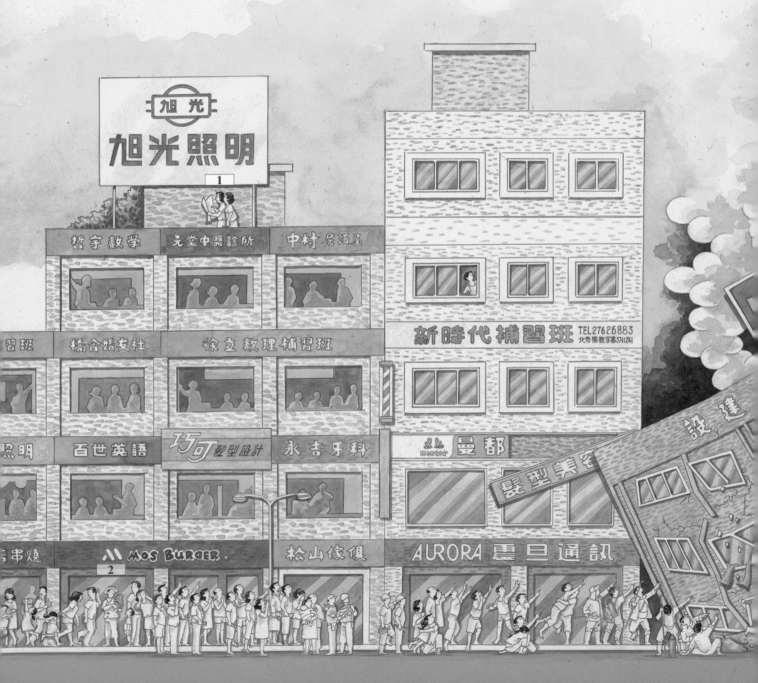

147

1999-2001

1 美國著名高爾夫球選手老虎·伍茲來台參賽，掀起旋風。

2 北市府為響應國際雙胞胎日，集合 3961 對雙胞胎大會師，創下金氏世界紀錄。

3 國內外政經情勢不佳，新台幣兌換美元匯率，貶破 33 元重要關卡。

4 大安分局破獲專在公園偷機車財物的青少年竊盜集團，犯案近百件，不少談情說愛的情侶成為下手對象。

5 「台灣彩券」發行，類型包括：大樂透、威力彩、今彩 539、38 樂合彩、39 樂合彩、49 樂合彩、3 星彩、4 星彩、BINGO BINGO 賓果賓果、刮刮樂等。

6 父母逛夜市卻把4歲女兒丟在車上，警方獲報趕至現場，比手畫腳教會小妹妹搖下車窗，才順利救出。

7 中度颱風納莉造成台北市50年來最嚴重水患，市區多處主要道路及台北捷運板南線、淡水線、台北車站等地均遭淹沒，交通幾乎癱瘓。

8 兩男偽造「雞尾酒療法」、「讓你酷」等減肥藥牟利，被移送法辦。

9 行政院宣布停建核四廠。

10 刮刮樂詐騙集團以中獎為由，要求先匯15%稅金至指定帳戶，陳姓計程車司機被騙1百多萬元，警方循線逮捕兩嫌。

11 色狼在公車上偷摸女學生臀部，司機把車直接開到警局報案。

12 警方全力查緝盜版光碟，兵分多路搜查光華商場等16處地點，查扣非法光碟上萬片。

13 光華商場開業，台北市利用新生南路光華陸橋下的公共空間設立商場，安置牯嶺街舊書攤與遼寧街、八德路的違建攤販，共計攤位2百餘個。(1973.04)

14 婦人搭捷運因喉嚨不適，服了陌生女子的喉糖後失去知覺，醒來時身處坪林山區，隨身5萬多元被洗劫一空。

15 富家女誤信刮刮樂、信貸詐騙集團，1天內被騙走240萬元。

16 羅讚榮被誤認為「計程車之狼」，遭法院判13年並入獄2年多，終於沉冤得雪，獲冤獄賠償250餘萬元。

17 華航611號班機飛往香港途中，在澎湖外海失事墜毀，機上225名乘客及機組人員全部罹難。

18 外省掛「竹聯幫」劉姓大哥和本省掛「風飛砂幫」馮姓老大聯手，夥同不法徵信公司恐嚇勒索，暴力討債。

2001-2002

1 北市葬儀公會理事長勾結黑幫分子，壟
斷大台北地區葬儀生意，遭警方逮捕。

2 阿里山公路完工通車。(1982.09.30)

3 核二廠一號機正式商轉。(1981.12.28)

4 關渡大橋通車啟用，為當時世界三大鋼
橋之一。(1983.10.31)

5 台灣第一家麥當勞於台北市民生東路成立。
(1984.01.28)

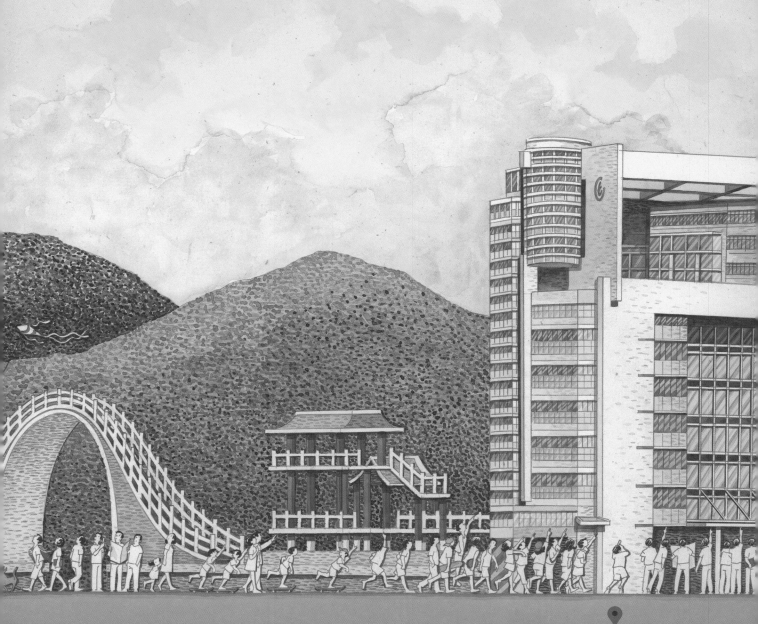

1 行政院院會通過，2002 年 1 月 1 日起
有條件開放大陸人士來台觀光。

2 台灣以「中華台北」名義，重返洛杉
磯奧運會。(1984.07.28)

3 郵政博物館新館正式開幕。(1984.10.10)

4 檢方偵辦景文集團弊案，起訴前教育
部長楊朝祥等 33 人。

5 玉山國家公園正式成立。(1985.04.10)

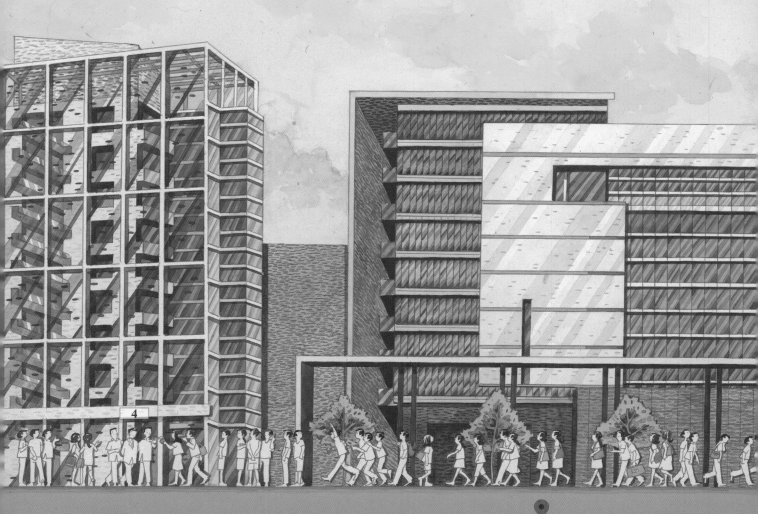

1 台灣出現首例本土愛滋病患者。
(1985.08.29)

2 消防法公布實行。(1985.11.29)

2002

3 前身為美國駐台北領事館的「台北之家」正式開館，成為以電影文化為主的藝文展演空間。

4 環保署推動限用塑膠袋和塑膠免洗餐具政策，鼓勵民眾自備購物袋與餐具。

2002-2003

1 大陸台商春節包機首航，華航CI585客機
於清晨3點55分從中正機場起飛，途經香
港後飛抵上海浦東機場，為台灣航機54年
來首次降落大陸地區，並搭載242位台商
及眷屬返台。

2 交通部開放重型機車合法上路。

3 台北市立和平醫院爆發SARS嚴重疫情，千
　餘名病患及醫護人員遭無預警封院，至5月
　8日院內最後一批人員撤離才告一段落。

4 台北世界貿易中心啟用。(1985.12.31)

2003-2004

1 調查局檢驗市售冷凍牛肉，發現有不肖業者以低價的袋鼠肉、馬肉、海龜肉充作牛肉高價販售。

2 台灣《蘋果日報》正式創刊。

3 張姓商人背妻金屋藏嬌，張母陪兒媳捉姦，拿鍋鏟追打兒子及情婦。

4 內政部統計指出，大陸女子來台結婚次數最多達 9 次，被喻為「黑寡婦」；3 次以上將近 4 千人，潛藏假結婚及覬覦榮民遺產等犯罪行為。

5 詐騙集團手法多，又有 3 名高學歷男女上當，分別向財神廟購買彩券頭獎號碼、誤信國稅局退稅通知及中獎簡訊，損失 3 萬至 41 萬元。

6 詐騙集團首腦李朝裕，利用刮刮樂詐財，兩年行騙全台獲利數億元。

7 員警攔檢盤查大陸偷渡妹，考她「台灣正名」，大陸妹脫口「中華人民共和國」露餡。

8 少女流浪內湖大賣場，吃住半個月，經報紙披露後，已被安置到慈善機構。

9 不肖醫護人員轉賣管制藥品給毒蟲，有人因一時好奇染上藥癮。

10 醫療失誤又傳悲劇，護士誤將肌肉鬆弛劑當成 B 型肝炎疫苗施打，造成新生兒 1 死 6 傷。

11 市售加工素食 7 成以上含葷，立委要求重罰黑心業者。

12 高凌風代言「火鳥咖啡」被驗出壯陽藥，無良廠商遭追究刑責。

13 蘋果日報頭版擺烏龍，邱姓前立委照片被誤植為謝姓通緝要犯，害邱某在餐廳被獲報的警方逮捕。

14 建商疑因工程糾紛被擄 3 天後獲釋，警方鎖定對象偵辦中。

15 精神科名醫出新書涉抄襲，被法院判處 4 月徒刑。

16 兩名女金光黨假扮身懷鉅款的智障女，老榮民受騙上當，140 萬元現金被調包成牛奶。

17 人假蛇威，不給錢就放蛇咬。

18 婦人因久病厭世從 12 樓跳下，正好壓到無辜騎士，兩人均告不治。

19 35 年前吃票，車掌自首懺悔。

20 冒牌贓車違規，正牌車主收罰單，警方循線逮兩嫌。

21 北二高信義支線工程坍塌，工人 2 死 6 傷，檢方將追查是否偷工減料。

22 信用卡盜刷集團出新招，偷接鐘錶公司電話又騙授權碼，成功盜刷名錶。

23 女網友不甘遭網路男蟲騙財騙色，用假名釣他上鉤，再報警抓人。

24 假記者真行騙，新人痛失喜宴訂金 56 萬。

2004-2006

1 販賣重組牛肉，多家知名連鎖牛排店赫然上榜。

2 統一超商爆食安問題，多款三明治生菌數超標。

3 稻米鎘汙染，3 萬公斤遭銷毀。

4 肉粽老店驚傳攙入病死豬肉，店家主動要求銷毀兩萬多顆，並向供貨肉商提告求償兩百萬。

5 餵豬劣質粉漿製成澱粉冒充進口貨，岡泉食品被警方查獲，疑似還製造黑心假酒牟利。

6 黑心冬瓜茶被查獲，原來是冬瓜精加糖粉。

7 婚友社真難賺，6 萬元包結婚。

8 燕窩也造假，北市衛生局抽驗發現，市售近 6 成是樹脂、海藻、白木耳等製成的假燕窩。

9 黃姓男子製造販售假藥，全台百餘家西藥房涉案。

10 運將情關難過，自爆瓦斯灼傷送醫。

11 老爺酒店櫃檯盜刷信用卡，30 餘房客受害。

12 遭狠父毆打送醫急救，幼女顱內出血宣告不治。

13 沒品男插隊買麵包，竟打斷勸阻婦人 4 顆牙。

14 女騎士撞死老婦人，還偽裝目擊者提供假情資，遭警方拆穿。

15 報案宣稱郵局存款遭盜領，監視器卻顯示自己提款，婦人吃誣告官司。

16 藥劑師欠債未還，殃及無辜鄰居，住戶鑰匙孔，被灌三秒膠。

17 為讓麵條更 Q 更白,製麵廠違法添加雙氧水及防腐劑,長期食用恐致癌。

18 北市衛生局抽驗一家滷蛋加工廠,發現滷汁防腐劑含量超標 3 倍,現場環境髒亂,衛生堪虞。

19 市售養殖石斑魚被檢出含有孔雀石綠禁藥殘留,並已流入家樂福等賣場銷售,業者表示消費者可憑發票退換貨。

20 台糖經理林英華以低廉飼料酵母粉充作一般酵母粉,牟利上千萬;製作的黑心健素糖已賣 13 年,台糖緊急下架並宣布停產。

21 飼主偽造狗病歷,誆稱食用狗食致死,向美商公司詐償近 2 百萬,遭檢方起訴。

22 詐騙集團新手法,吃藥裝昏迷,向西藥房索賠 60 萬。

23 瑞銀外匯交易員違法炒匯,客戶虧損 3 億元。

24 前科累犯偷香油錢不成,竟放火燒土地公神像。

25 不向命運低頭,身障少女劉憶年如願考進北一女就讀,但住家往來學校的交通問題,尚待社福單位協助解決。

26 夜市黑心滷味標榜獨門秘方,其實是用廉價醬油摻色素粉醃製。

2007

1 台灣高鐵板橋站到左營站通車；3 月
  2 日全線正式營運。

2 核三廠一號機正式商轉。(1984.07.27)

3 二仁溪爆發綠牡蠣事件，起因是廢五金
  業者傾倒汙水。(1986.01.08)

4 演場會及大型表演活動盛行。

5 超市賣場以價格便宜的油魚冒充高級圓
鱈販售，導致消費者腹瀉、腸胃不適。

6 農業局抽檢水產養殖場，發現 7 家的
鱒魚、大閘蟹含禁藥，養殖場魚貨流
入市面，相關單位將 3 百多公斤鱒魚
銷毀。

7 衛生署抽驗市售鵝肉，桃園新屋鄉永
裕鵝場的鵝肉含有瘦肉精，攝取過量
會引起噁心、心悸，甚至心臟麻痺，
醫師建議不要食用鵝內臟。

2007-2008

1 第 21 屆夏季聽障奧林匹克運動會在
台北開幕，也是聽障奧運首度在亞洲
舉行。(2009.09.05)

2 日流、韓流盛行，電視狂播日劇、韓
劇，日韓明星紛紛來台演出。

3 多種假魚翅（素魚翅）充斥市面，還
有黑心業者用雙氧水漂白，食用有害
健康。

4 北市東區正義國宅都更案住戶代表王
克強，光天化日在住家樓下遭殺手朝
頭部連轟兩槍，性命垂危。(2009.02.16)

5 患有躁鬱症的紡織廠副理，連續在高
架橋下停車場，敲破車窗，竊取 ETC
儲值卡。

2007-2012

1 衛生署檢測市面茼蒿發現，雲林縣二崙鄉所產茼蒿含有 4 種毒農藥殘留，其中包含會致癌的芬普尼及雙特松。

2 合法釀酒廠被查獲以有毒的工業酒精製造假酒，飲用過量會導致眼睛失明及肝臟病變。

3 消基會指出，保力達 B、維士比添加高濃度防腐劑，未在瓶身如實標示，消費者飲用安全堪慮。

4 婦人冒用丈夫名義申請信用卡、現金卡，10 年盜刷 3 百萬元，被依偽造文書罪判刑 2 年。

5 兩岸駭客聯手入侵台灣多家公民營機構電腦，5 千萬筆個資遭竊。

6 金管會跨海追債，凍結力霸集團創辦人王又曾在瑞士的近億元存款。

7 電子公司離職副總欠鉅額賭債，夥同兩名共犯，偽造採購合約詐財 5 千萬元。

8 在捷運偷摸女乘客小腿及下體，兩猥褻男分別以捐款和賠償和解。

9 印尼女傭偷走雇主 60 萬元珠寶，藏在私處和肛門企圖闖關出境，航警察覺有異要她蹲下，珠寶瞬間掉落，當場人贓俱獲。

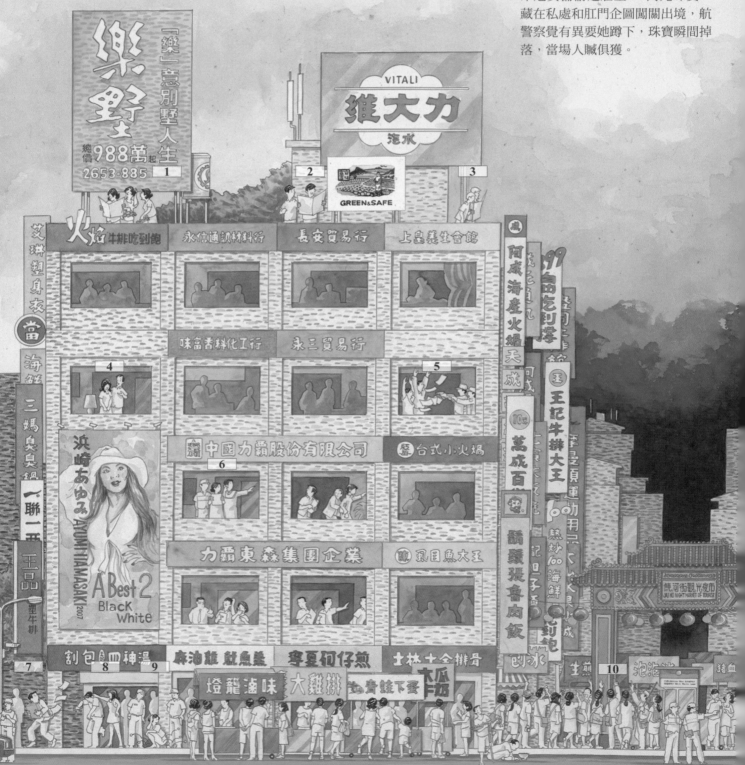

10 台灣開放大陸地區人民來台觀光，大陸觀光客首發團抵台。

11 中度颱風莫拉克肆虐，高縣甲仙鄉小林村幾乎滅村，全台死亡近 700 人。

12 因應全球金融海嘯，政府發放給全民「消費券」刺激景氣，每人 3600 元。

13 台北市立動物園熊貓館正式開館，「團團」、「圓圓」首次亮相。

14 黑心菜脯被檢出「福馬林」，年產量高達 10 餘萬公斤。

15 不肖米商勾結農會糧倉管理人，過期飼料用公糧冒充新米販售，劣質米多流向北市縣中小學營養午餐。

16 多家速食連鎖店長期使用回鍋油，麥當勞的酸價數據超標 12 倍。

17 小偷破門而入，小狗徘徊街頭，主人領回家才發現遭竊。

18 富商太太欠賭債，自導自演綁架案。

19 「小騙子騙倒大騙子」，16 歲少年自稱塔羅牌算命師，前總統陳水扁上當。

20 慣竊假藉捐錢順手牽羊，專偷視障街頭藝人的打賞箱。

21 風災慘兮兮，菜價貴森森。莫拉克風災造成菜價飛漲，香菜飆到 1 公斤 6 百元。

22 求菩薩保佑未成，女子燒香險失明。

169

1 兩岸定期航班正式啟動，每週往返增為 270 班次。

2 2010 台北國際花卉博覽會正式開園，是國際最高級別的園藝博覽會，也是台灣首度獲得國際授權舉辦 A2B1 級博覽會。至 2011 年 4 月 25 日閉幕，共吸引 896 萬人次參觀。

3 消基會抽驗發現，大台北地區市售涼麵 8 到 9 成大腸桿菌超標。

4 H1N1 新型流感肆虐全球，台灣地區從 5 到 12 月已有數十萬人感染，35 人死亡。

5 黑心食品加工廠重起爐灶，遭消保官突襲破獲。

6 故宮也賣毒茶葉！北市衛生局抽驗，確定烏龍茶含農藥。

7 高雄縣大寮鄉養鴨場驚傳鴨隻含有超量戴奧辛，4 年來已有 10 萬隻毒鴨被吃進肚子。

8 「洗滌鹽」混充「天然鹽」，3 年已有上萬公斤流入市面。

9 消基會進行市售豆製品抽檢，違規添加防腐劑比率最高。

10 知名連鎖古早味紅茶冰，人工香料超標，數百加盟店全面回收。

11 業者偷摻安非他命，毒檳榔誘人上癮。

12 北市衛生局抽驗反式脂肪標示，將禁售含量超過 2% 的食品。

13 專騙追星夢少女，再趁機性侵，惡狼遭起訴。

14 陳姓家族為遺產爭訟 30 多年，法院終於判決依比例繼承。

15 杜聰明 20 億遺產糾紛，5 子女爭訟 15 年未休。

16 警方查獲買春案，嫖客埋怨要找「金絲貓」，來的卻是「印尼傭」。

17 「黑象事件」重創中華職棒，3 球隊共 44 名球員涉打假球。

18 男子喊人「胖女」，被控「妨害名譽」。

19 國人「愛呷補」，7 年竟吃掉 43 萬公斤海豹油、海狗鞭，動保團體籲改惡習。

20 偷兒不識貨，價值兩億名畫，20 萬元賤賣。

21 瓦斯誤送廢棄管路，住戶不察慘遭氣爆。

22 遭添加違法致癌塑化劑，十多種知名品牌飲料被下架。

23 任祥花了五年的時間編寫套書《傳家：中國人的生活智慧》，引領讀者了解中國人生活中的智慧，於今日發表。

24 不肖業務員盜賣過期飼料奶粉給食品公司，再製成飲料流入全台早餐店及販賣機。

25 嬰兒奶粉也作假，飼料奶粉冒充作紐西蘭進口。

26 不肖糧商進口低價碎米、飼料用米，混入台灣白米販售，嚴重影響品質及價格。

27 國中小營養午餐亮紅燈，新北市 1 百多所學校被驗出禁藥。

28 衛生署查獲多家知名廠商，違法添入有毒塑化劑 DEHP，總計有上萬噸的起雲劑被製成食品、飲料。

29 漁民捕淡水河「砷」魚販售，台北市民遭殃。

30 標榜無化學添加物的胖（パン）達人手感烘焙，遭踢爆添加人工香精，經北市衛生局查證屬實，依廣告不實重罰。

31 木瓜牛奶連鎖店遭爆使用「非奶粉」。

32 校園盒餐工廠，芥藍菜被驗出殘留農藥超標14倍。

33 惡質廠商竄改西點原料有效期限，多家 5 星級飯店受害。

34 前第一金控董事長陳建隆涉嫌偽造文書，塗改妻子宗才怡的戶籍謄本，將配偶改為中國籍黃姓女友，遭台北地檢署通緝。

35 粗心女大生，懷胎 9 月竟不知。

36 出獄失業，男子賣場行竊，意在回籠吃牢飯。

37 跨國詐騙集團真厲害，台商向菲律賓購買廢五金，卻收到 5 貨櫃水泥塊。

2012

1 李宗瑞淫照事件震撼全台,並激起
對夜店文化、媒體文化等諸多討論。

2 3 樓層鄰居互鬥,8 樓房客不滿 9 樓
聲響大,竟在客廳打球跳繩, 惡搞樓
下房東出氣。

3 夜店「撿屍」歪風盛行,酒醉女性頻遭
性侵。

4 第 10 屆台灣同志大遊行,5 萬人從凱道
出發。

5 「帽子歌后」鳳飛飛逝世。

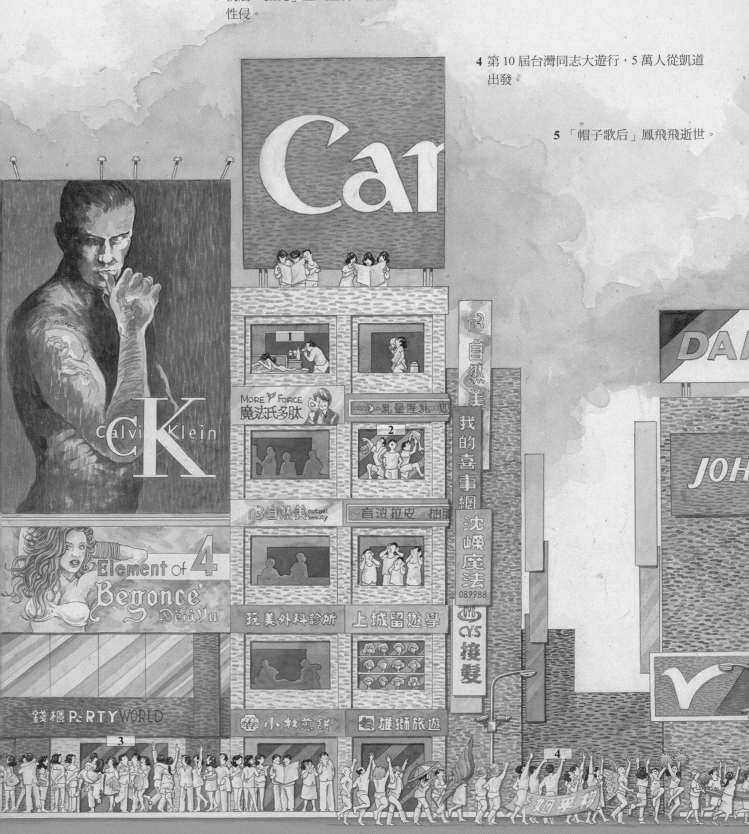

6 天主教樞機主教單國璽逝世。

7 高等法院對吳銘漢夫婦命案再更三審宣判，被告蘇建和等 3 人獲判無罪，依《刑事妥速審判法》規定，檢方不得再上訴。本案纏訟 21 年，歷經 6 次死刑判決，終告無罪定讞。

8 23 歲郭姓男子在基隆路 3 段酒駕撞飛 3 輛機車，造成 1 死 2 傷。他的酒測值高達 1.29 毫克，被依公共危險罪嫌送辦。(2018.08.23)

9 YouBike 正式上路，是全台第 2 座啟用的公共自行車自動化租賃系統，採無人化自助式服務。試營運 3 個月，已超過百萬騎乘數。

2011-2013

1 台糖、桂冠、愛買等食品大廠驚傳賣過期粽，下游代工廠嘉品、禹昌把去年端午節庫存肉粽變造日期重新出售。

2 「毒澱粉」事件引發全台食安風暴，多家澱粉業者向中學退休教師王東清購買配方調製「修飾澱粉」以增加食品Q彈口感，含有未經核准的「順丁烯二酸酐」，長期食用會造成腎臟病變。

3 中醫師花錢找女作陪，女伴遊不滿收逾時費被拒，憤而咬他一口吃上官司。

4 美國搞怪天后女神卡卡（Lady Gaga）訪台掀熱潮，前往北市東區做瑜伽，萬人爭睹造成交通癱瘓。

5 嘉義市衛生局臨檢發現，茂洲食品公司使用回鍋油製造豆棗、紅豆支等醬菜，並添加過量防腐劑。

6 不肖石斑魚養殖業者，以工業用化學藥劑製成動物用假藥，賣給同業，誆稱具有消炎殺菌作用，5 年牟利上千萬。

7 皇冠印刷公司製作紙餐盒，涉嫌使用有毒甲苯擦拭容器表面油污，遭勒令停工，並全面回收毒餐盒。

8 泉順食品公司的山水佳長米，以低廉進口劣質米混充台灣米銷售，遭農糧署下架。

9 食藥署抽驗發現，甲好生技的紅麴酵素錠、華順貿易的泰國紅薏仁及彰化羅姓廠商的紅麴米，含橘黴素、黃麴毒素超標，非但不養生還傷肝腎。

175

1 阿里山祝山線通車，是台灣自建的第一
  條觀光登山鐵路。(1986.01.13)

2 台灣首度發生跳樓自殺壓死人案件，
  賣肉粽男子無辜喪命，引發社會關注
  議論，被稱為燒肉粽事件。(1986.03.05)

3 台北兒童新樂園開幕啟用。(2014.12.16)

4 衛福部台北醫院附設護理之家發生火警，
最終造成 15 死 14 傷慘劇，經查是病患
自備的床墊電線走火肇禍。(2018.08.13)

5 李遠哲獲得諾貝爾化學獎。(1986.10.15)

2013

1 21 歲謝姓男子與友人在南京東路飆車，
失控撞死路邊 3 人，遭憤怒網友起底
痛罵。(2018.08.11)

2 太魯閣國家公園管理處正式成立。
(1986.11.28)

3 米苔目被檢出添加防腐劑苯甲酸，遭衛生局開罰 3 萬元。

4 衛生單位抽驗中秋應景食品，發現 11 件豆乾、1 件月餅違規添加防腐劑。

5 「萬人送仲丘」晚會在凱道舉行，共有超過 25 萬白衫軍參加，為今天出殯的陸軍下士洪仲丘送行，是台灣史上最大規模由公民自發的社會運動。白衫軍運動是網路串聯發起的新型態運動，被部分媒體譽為台版「茉莉花革命」。

6 摩斯漢堡金黃薯遭檢出含毒性的龍葵鹼，且超標 10 倍。

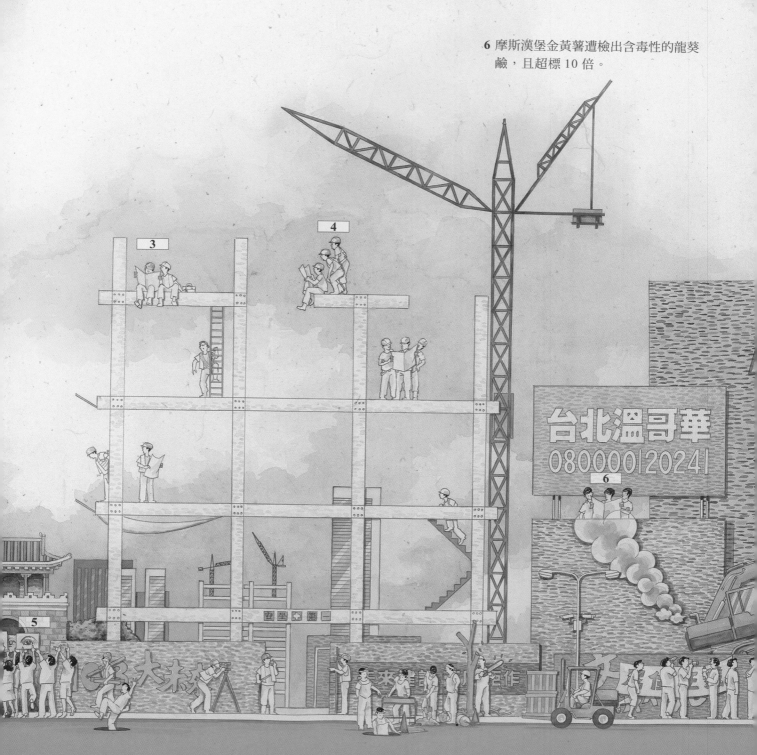

2012-2013

1 台灣假油事件連環爆,大統長基、頂新、富味鄉等食品公司食用油,竟以低成本葵花油或棉花籽油調和混充高級油品販售,大統部分橄欖油甚至以棉花籽油添加銅葉綠素調色。

2 「富味鄉」公司3年內將至少2600公噸棉籽油調和內銷,卻毫無標示。

3 士林區文林路住戶王廣樹反對所持有的建物被劃入「文林苑」都市更新案中,遭市府依法強制拆除,引發一連串社會抗爭運動及訴訟案。

4 行政院衛生署環境保護局升格為「行政院環境保護署」。(1987.08.22)

5 長榮航空首航，正式開始營運。(1991.07.01)

6 南迴鐵路舉行通車典禮，環島鐵路網完成。(1991.12.16)

1 台灣第一個有線電視新聞網「真相新
聞網」開播。(1994.03.01)

2 中華航空 140 號班機在日本名古屋機
場墜毀，264 人罹難。(1994.04.26)

2013

3 北投信義線通車，與北投線直通營運。

4 台北市光復橋發生殺憲奪槍案，長久
以來的憲兵橋哨勤務因此告終。
(1997.06.13)

5 台北市發生拔河斷臂事件，在一場兩
邊各約 800 人的拔河比賽，因繩索突
然斷裂造成數十人輕重傷，其中 2 人
因此截肢。(1997.10.25)

2013-2014

1 衛福部調查發現，部分業者違規添加
銅葉綠素鈉為粉圓、魚板、濕海帶、
涼麵、水餃皮等食品染色。

2 The Color Run 彩色路跑活動，在大佳
河濱公園起跑。

3 《看見台灣》正式上映，導演齊柏林以全高空航拍呈現台灣土地的美麗與哀愁，是台灣影史拍攝成本最高的紀錄片。

4 環泰公司以價廉的大陸麥芽糊精冒充台灣產品販售，兩年獲取暴利上千萬。

5 「鼎王麻辣鍋」驚爆湯頭以低價的雞湯塊、大骨粉及多種香辛料粉調製而成，並驗出含重金屬成分。

6 第一隻在台灣出生的貓熊寶寶「圓仔」，正式公開亮相。

2014

1 7-11 茶葉蛋中標，供應商偉良牧場遭
  檢出抗生素殘留，兩萬多顆問題蛋已
  被消費者吃下肚。

2 砂石車衝撞中華民國總統府，是 1945 年
  5 月 31 日台北大空襲以來，遭受最嚴重
  的攻擊事件。

3 肉品公司將保水劑注入牛、羊、豬肉以增
  重牟利，黑心肉品流入國軍及一般攤商。

4 黑心肉品商「農正鮮」的灌水肉品，
  透過樂騏公司轉賣到自助餐店及國小
  營養午餐。

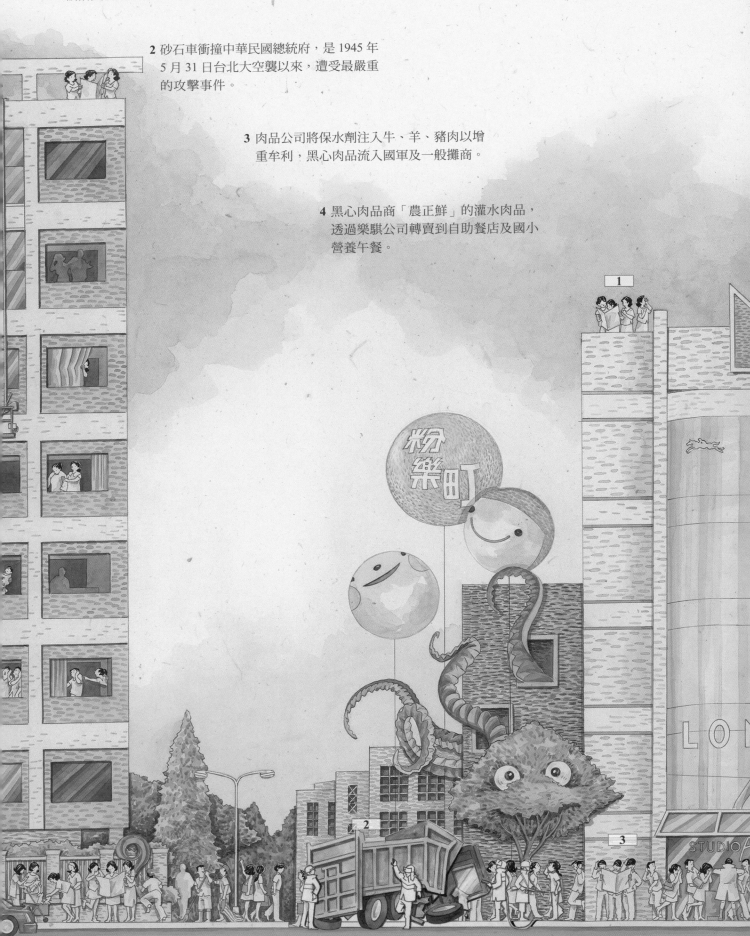

5 衛福部食藥署公布市售水產品抽驗
　結果，午仔魚、金錢仔、紅衫魚檢出
　禁藥孔雀綠，台灣蜆檢出抗生素。

6 查獲黑心豆芽，黃姓業者用「保險粉」
　（低亞硫酸鈉）浸泡豆芽，以增加賣相
　及保鮮，長期食用恐引發過敏、氣喘。

7 台北市政府衛生局食藥處長邱秀儀表示，
　經查有 26 家北市國中、國小曾使用樂騏
　食品公司的豬肉加工品；為確保食材安
　全，已要求廠商停止供應樂騏肉品。

8 捷運隨機殺人震驚全台，21 歲大學生鄭
　捷於捷運板南線列車以預藏水果刀和美
　工刀刺殺乘客，共造成 4 人死亡、24 人
　受傷。

2014

1 復興航空 222 號班機疑因風雨過大造成重飛失敗，在澎湖縣湖西鄉西溪村墜落起火燃燒，機上人員 48 人死亡，10 人重傷；另外波及 11 棟民宅，造成 5 人輕傷。

2 屏東地下油廠查獲餿水油，供應下游的強冠公司製成「全統香豬油」行銷全台，味全、味王、奇美食品、盛香珍、黑橋牌等多家知名食品業者中鏢。

3 台北市衛生局證實，味全公司通報，該公司有 12 項產品使用強冠公司「全統香豬油」，已主動下架。

4 夜店殺警案震驚全台，主嫌曾威豪與其女友劉芯彤在北市信義區夜店 Spark 樓下門口，涉嫌教唆蕭叡鴻、萬少丞、馬寅紘、周譽騰等不良分子，以棍棒、刀械、紅絨柱圍毆信義分局警員薛貞國致死。

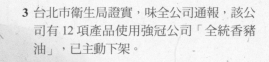

5 台南市調查處查獲頂新味全集團旗下正義公司，以飼料油混充食用油，製造維力清香油、維力香豬油、正義香豬油等黑心油品。

8 新北市盧佳食品公司為節省成本，竟向宏仁醫院購買裝洗腎藥劑的廢棄空桶來盛裝仙草茶，並以化工級石膏粉製作豆花。

6 消基會抽驗市售塑膠包裝食品，近4成含塑化劑，麥當勞、統一超商、佳德鳳梨酥、康師傅等知名業者均列名，長期食用將危害身體健康。

9 衛福部抽驗市售禽畜水產品，生鮮超市販售的貢丸含有禁藥氯黴素，長期食用有致癌風險。

7 兩批中國進口大閘蟹相繼驗出有致癌風險的禁藥氯黴素，將全數銷毀。

2014-2015

1 真鍋及呈康食品公司涉嫌將過期食品改換包裝並竄改有效日期後再行販售，黑心食品包含法式鮮蔬什錦醬、冷凍雞腿、咖啡、蛋糕等。

2 台北捷運松山線上午6時通車，營運15年的「淡水 - 新店」宣告分手，改為「松山 - 新店」及「淡水 - 象山」分線行駛。

3 致癌豆干、油皮賣全台！檢方查出「芊鑫實業社」販售的乳化劑中含有致癌物、工業用染劑「二甲基黃」。該公司自2012年起共出貨710公斤給全台多家豆類食品加工廠，製成油皮、豆干等產品，再販售給德昌等知名大廠，危害國人健康。

4 一黑心工廠以工業用氯化鈣（俗稱鹽丹）醃漬薑，增加清脆口感，食用過量會傷害肝腎。

5 衛生局抽驗發現，上將食品公司供應14所學校營養午餐的「敏豆」，農藥殘留超標。

6 復興航空 235 號班機自松山機場起飛
不久即墜毀於南港區基隆河，造成 43
人死亡，是首次民航機墜毀於河川的
事故。

7 種鵝場檢出全台首例高病原性 H5N8
禽流感病毒，將全場撲殺。

8 西門町峨嵋立體停車場發生槍擊案，
歹徒光天化日以行刑式槍決奪 2 命。

2015

1 「防癌教母」莊淑旂逝世，享年95歲。

2 台鐵 1123 次區間車半途停駛，事後
追查竟是因為駕駛與列車長口角。

3 因為加拿大發生狂牛症案例，食藥署宣
布暫停止自加國進口牛肉及相關產品。

4 314 全台廢核大遊行登場。

5 文化部「古蹟歷史建築審議委員會」
審議通過，指定「台北機廠」為國定
古蹟。

6 歷經 10 餘年紛擾，慈濟宣布撤回內
湖社福專區開發案。

2015

1 台灣面臨 67 年以來最嚴重旱災，中
央應變中心宣布，石門水庫提前自 4
月 1 日進行第三階段限水。

2 食品藥物管理署公布 283 項來自日本
福島等 5 縣市輻射汙染區的食品，偽
造不實標籤進口流入市面。

3 劉姓男子買下文萌樓地上權，訴請承
租的日日春協會遷出案，高院更一審
開庭，日日春協會呼籲「拿古蹟炒作
不當得利，應收歸公有」。

4 YouBike 由前 30 分鐘免費，調整為收
費 5 元。

5 台北市政府下令大巨蛋立即停工。大巨蛋原為 2017 台北世大運預定主場館，但市府決定世大運開閉幕典禮改在台北田徑場舉行；世大運棒球賽事也移至天母球場。

8 台北市北投區文化國小發生隨機殺童事件，一名 8 歲女童遭龔重安割喉死亡，引發社會公憤。

6 台北市政府公布大巨蛋安檢報告提出 5 大缺失，並於 17 日表示，遠雄若不改善，市府將全面接管。

9 台北市政府開始受理同性伴侶在戶政資訊系統加註「伴侶關係」。

7 侯孝賢以《聶隱娘》獲得第 68 屆坎城影展最佳導演獎。

2015

1 八仙樂園發生派對粉塵爆炸事件，造成 15 死 484 傷，是繼 921 大地震以來受傷人數最多的事故。

2 伊斯蘭開齋節後的第一個週日，上萬名外籍移工湧進台北車站聚會。

3 臺灣大學醫學人文博物館開幕。(1998.02.21)

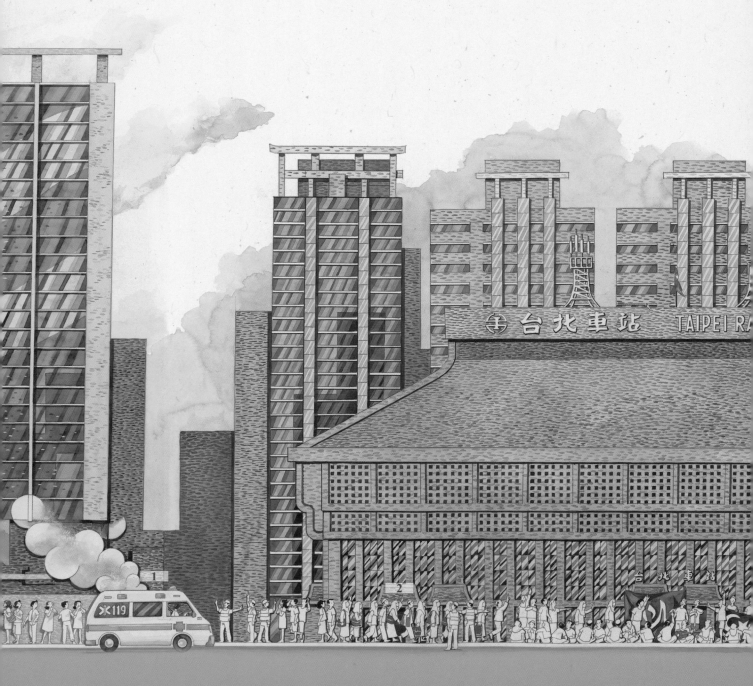

4 反高中課綱微調運動學生與民眾攻入
教育部，要求廢除課綱、部長下台、
召開臨時會。

8 台北 300 萬人喝泥水！蘇迪勒颱風導
致供水的南勢溪濁度飆高至近 4 萬
度，人們紛紛搶購瓶裝水。

5 蘇迪勒颱風威力造就台北市龍江路上
的 2 座「彎腰郵筒」，引發民眾追萌
熱潮。

9 衛福部食藥署預告，2018 年全面禁用
人工反式脂肪。

6 中颱蘇迪勒侵台，全台累計近 4 百萬
戶停電，創歷史紀錄。

7 台北悠遊卡公司計畫發行以日本 AV
女優波多野結衣為封面的悠遊卡，引
發一連串政治與社會紛爭。

2015-2016

1 士林地檢署搜索製造「工研醋」的大醇食品有限公司，認定其涉嫌回收退回的不良品重製新品販售。

2 江蕙舉行最後一場封麥演唱會。

3 台電公布 10 月 1 日將上路的電價級距方案。

4 台股盤中指數一度大跌 583.85 點，跌
幅逼近 7.5%，創台股有史以來跌幅、
跌點最大記錄。

5 勞基法「週休二日」上路，法定工時
上限由雙週 84 小時減至單週 40 小時，
但同時也刪減 7 天國定假日。

2015-2016

1 行政院宣布，即日起開始透過手機提供地震速報與地震報告的訊息，其他土石流警戒、公路封閉等防災訊息將於 7 月前陸續提供。

2 馬來西亞 20 名台籍電信詐騙犯遣返回台，卻因為罪證不足，在機場全部釋放。

3 台鐵新竹往基隆 1258 號區間車第 6 車廂停靠松山車站第二月台時，發生不明爆裂物爆炸事件，造成 25 人輕重傷，其中包括犯下本案的林英昌。

4 總統府證實，總統馬英九 11 月 7 日將前往新加坡，與中國國家主席習近平會面。

5 美福集團爆發兄弟相殘，老四黃明德
槍殺老二黃明煌，再槍殺老三黃明仁，
隨後舉槍自盡墜樓死亡。

6 11 月 20 日為國際跨性別紀念日，性
別團體舉辦晚會響應。

7 合宜住宅弊案二審宣判，遠雄董事長
趙藤雄因認罪改判刑 2 年，緩刑 5 年，
免受牢獄之災，但須捐給國庫 2 億元。
前營建署長葉世文加重其刑為 21 年，
可上訴。

8 美河市弊案涉圖利日勝生公司 20 億
元，前北市捷運局處長高嘉濃一審被
判 10 年，前課長王銘藏 4 年。

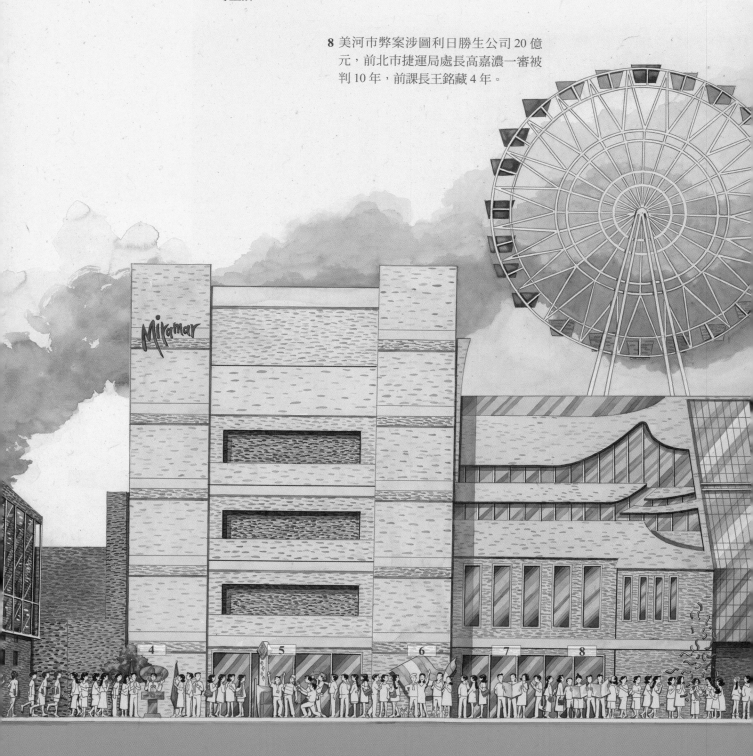

2016

1 霸王級寒流襲台，陽明山鞍部創下 -3.7
  度的歷史低溫紀錄。

2 北市首度主辦智慧城市展開幕，誓言
  打造「Living Lab」。

3 台北捷運通車 20 週年。

4 北市內湖驚傳隨機殺人案，暱稱「小燈
  泡」的 4 歲女童遇害，引發社會公憤。

5 內政部兒童局成立。(1999.11.20)

6 溫蒂漢堡撤出台灣。(1999.12.29)

7 行政院宣布核四廠工程復工。
(2001.02.14)

1 中文維基百科正式成立，是維基百科
協作計劃的中文版本。(2001.10.24)

2 台南一個黑面琵鷺群發生肉毒桿菌
中毒，造成 73 隻死亡，約全球數量
10%。(2002.12.09)

3 福爾摩沙高速公路（國道三號）全線通車。
(2004.01.11)

2016

4 北市下午 2 時 24 分高溫達 38.7 度，刷
新 6 月歷史紀錄。

5 內政部指出，老屋面臨都更壓力以台北
市較為嚴重，超過 30 年房子占 61%，約
50 萬間。

6 華航空服員罷工，創台灣航空史首例。

7 機車輪胎胎紋深度，納入驗車檢驗項目。

2016

1 一名男子在「爆廢公社」臉書社團發文說，妻子同事真的超有禮貌，不先說謝謝就算了，一上車就當著我跟我老婆的面說：「欸～我真的沒想到妳老公會喜歡開這種計程車在用的車子餒！我以為會是歐洲車之類的！」當下我跟我老婆尷尬互視，「全程翻白眼，翻到外太空」，我還面目鐵青地回了一句：「兩位客人，請繫好安全帶，開始跳錶囉。」

2 市售嬰兒與較大嬰兒配方食品及特定疾病配方食品，都要標示營養含量。

3 北市超商大門開啟叮咚聲，超出標準分貝即開罰。

4 北市 180 所學校周邊人行道公告為禁止吸菸場所。

5 北市指定家貓為應辦理登記寵物，飼主須為家貓植入晶片，並施打狂犬病疫苗，才能完成登記；否則可處 1 萬元以上、5 萬元以下罰鍰。

6 第一銀行自動櫃員機電腦系統被國際犯
罪集團駭入，全台 20 家分行共 38 台
ATM 遭 3 名外籍車手盜領 8372 萬元。

7 連同今天，台北今年已有 5 天高溫超
過 38 度，打破歷史紀錄。

8 虐死街貓「大橘子」遭判刑的台大學生
陳皓揚，又隨機殺害家貓「斑斑」。

9 「一代青衣祭酒」顧正秋女士辭世。

10 超狂！70 歲寶可夢阿伯，月花數萬元
抓寶，他曾同時使用 9 支手機尋寶，
紅到國外去。現在他騎的尋寶腳踏車，
已經升級到 11 支手機。

2016-2017

1 美國時代雜誌報導北投寶可夢抓寶亂象，以「可能讓我們預見世界末日的景象」形容。

2 寶可夢（Pokemon Go）在台推出，掀起全民抓寶運動。

3 北市土壤液化潛勢圖資正式上網，民眾輸入門牌號碼或地號，即可查詢自家是否有風險。

4 台北捷運開始提供免費 Wi-Fi。

5 萬事達卡發布 2016 全球最佳旅遊城市報告，北市首次躋身全球前 15 大觀光城市。

6 台北車站推出嘟嘟鐘，用童謠《丟丟
　銅》為配樂。

7 台北捷運又出現異常，一輛列車卡在
　中山站與台北車站之間無法移動。

8 北市殯葬處宣布，將安排酒駕犯前往
　停棺室服社會勞動役，引發爭議。

9 復興航空無預警宣布解散。

10 屋簷雨遮不登記新制上路，適用於新
　　申請建造執照之建物。

2017

1 政策大轉彎，「一例一休」上路。

2 飲水用水龍頭材料含鉛量不得超過 0.25%，
鉛溶出量須不大於 5ppb。

3 北市環保局首創「高噪車輛照相系統」，
車輛噪音超過 84 分貝，系統立即自動拍
照取證。

4 北市雙層觀光巴士上路。

5 台北燈節主燈「小奇雞」亮相。

6 北市 65 歲以上老年人口達 15.55%，
居六都之冠。

7 北市蝶戀花旅行社賞櫻團遊覽車發
生事故，造成 33 死 11 傷。

8 「白米炸彈客」楊儒門自首。
(2004.11.26)

9 台北 101 完工啟用，為當時世界第
一高樓。(2004.12.31)

1 北捷隨機殺人犯鄭捷伏法，距離他死
　刑定讞僅 19 天。(2016.05.10)

2 北市拆除建成圓環，將改建為綠地廣場。
　(2016.11.24)

3 94 學年度大學指定科目考試入學分發結
　果放榜，錄取率達 89.08%，創下歷史新
　高。(2005.08.09)

4 台灣獲日本免簽證。(2005.09.26)

5 台灣全面換發國民身分證，民眾若有特
殊情形，如顏面傷殘、身心障礙、重病
及植物人等，可申請身分證免貼相片。
(2005.12.21)

6 雲門舞集創辦人林懷民獲得《時代》雜
誌評選為 26 名亞洲英雄之一，是唯一入
榜的台灣人。(2005.10.03)

1 故宮博物院南部院區舉行動土典禮。
(2005.11.19)

2 台北市政府遷移光華商場，拆除光華
陸橋。(2006.01.29)

3 林義傑榮獲第一屆世界極地超級馬拉松
巡迴賽總冠軍。(2006.02.01)

2017

4 成軍 20 週年，五月天重返當年首度登
台的大安森林公園，舉辦免費演唱會。

5 南港小模遭姦殺，案情曲折引關注。

6 《性騷擾防治法》正式實施。(2006.02.05)

7 高速公路電子收費系統（ETC）正式啟用。
(2006.02.10)

2017

1 師大附中一行政人員在校內持刀欲自
殘，警消安撫奪刀。

2 台北西站拆遷，搬到台北轉運站。(2016.10.30)

3 無樁式共享自行車 Obike 開始試營運。

4 調查顯示，2016 年國際旅客在台北總
消費達 99 億美元，再度蟬聯大中華地
區第一名。

5 豬哥亮病逝台大醫院，享壽 70 歲。

6 夜市禁用一次性餐具，北市將逐步推廣。

7 司法院大法官公布釋字第 748 號解釋，
宣告民法禁同婚違憲。

8 齊柏林拍攝《看見台灣 II》，因直升
機失事罹難。

9 北門廣場完工啟用。

10 學生悠遊卡全面記名，已停售的押金制學
生卡轉為普通卡，不再享有搭公車優惠。
(2015.10.31)

11 李安執導的《斷背山》，榮獲第 78 屆奧斯
卡金像獎最佳導演獎、最佳改編劇本、最佳
原創配樂獎，成為奧斯卡第一位獲獎的非白
人導演。(2006.03.05)

2017-2018

1 全台大停電，592 萬戶受影響。

2 台北世大運開幕，是台灣有史以來主
辦過層級最高的國際運動賽事。

3 教育部宣布，9 月起國小二年級恢復
教授九九乘法表。(2006.03.06)

4 台北捷運板橋線第二階段及土城
線（府中—永寧）正式通車。
(2006.05.31)

5 台北馬拉松起跑，2 萬 7 千人參加。

6 北市率先實施購物袋、垃圾袋「兩袋合一」，但雙北間垃圾袋仍無法共用。

7 北宜高速公路通車，雪山隧道成為全球最長的雙孔公路隧道。(2006.06.16)

2018

1 健康食品依型態不同，應加註警語或
標示，與藥品區隔。

2 米其林指南首度發表台北星級餐廳，共
有 20 家摘星，頤宮中餐廳奪下三星。

3 再興中學「顧正秋教學大樓」落成啟用。

4 李敖病逝台北榮總，享壽 83 歲。

5 中華電信推出「499 吃到飽」，引發
民眾搶辦亂象。

6 歷經 6 年研發，台灣第一枚自主研發
的衛星「福衛五號」發射升空，成為台
灣太空史上最重要的一步。(2017.08.25)

7 北市驚爆華山分屍案。

8 北宜高頭城收費站開始收費。
(2006.09.18)

2018

1 走過 34 個年頭，金石堂城中店熄燈。

2 向女同學告白被拒，15 歲國中男學生
從自家頂樓墜地身亡。

3 衛生署核准國內第一支子宮頸癌疫苗
「嘉喜（Gardasil）」上市，接種對象
為 9 到 26 歲女性。(2006.10.16)

4 國家住都中心正式成立。

5 遠航看板空姐遭解雇後提告，台北地
院判敗訴。

6 復興北路穿越松山機場車行地下道正
式通車，是全球首座穿越營運機場跑
道的地下道。(2006.11.29)

2018

1 九合一大選合併 10 案公投，造成投票逾時還發生邊投邊開票亂象，台北市長選舉結果產生爭議。

2 娃娃機盛行需求爆量，央行宣布將砸 10 億鑄 10 元硬幣。

3 民生報宣布停刊，12 月 1 日吹熄燈號。(2006.11.29)

4 衛豐保全運鈔車司機李漢揚，上午
迷昏保全員後劫走車內新台幣 5600
萬元現鈔，下午搭機潛逃香港，為
台灣史上被劫金額最多的運鈔車監
守自盜案。(2007.01.02)

5 行政院宣布將於 2009 年全面實施
12 年國民基本教育。(2007.02.27)

6 第 11 屆 LG 盃世界圍棋棋王戰，世界圍
棋棋王戰中以兩勝一敗的成績擊敗中國
棋手胡耀宇，成為首位台灣本土培養的
世界棋王。(2007.03.22)

7 世界最大客機空中巴士 A380 首度
來台降落於桃園國際機場。
(2007.06.08)

1 貓空纜車正式營運，是全台最長
並兼具大眾運輸性質的纜車。
(2007.07.04)

2 台灣本土發現的第一顆彗星，被命
名為「鹿林彗星」。(2007.07.11)

3 胡金龍向道奇球團報到，成為台灣第
一位登上美國職棒大聯盟的內野手。
(2007.09.01)

4 台灣健身龍頭亞力山大健康休閒俱
樂部因週轉不靈，無預警宣告全部
停業，約有 11 萬會員權益受損。
(2007.12.10)

5 雲門舞集排練場清晨發生火災，
演出道具及歷年資料付之一炬。
(2008.02.11)

6 台灣閃靈樂團發行英文版精選集，獲多
家國際音樂雜誌好評。(2008.02.15)

7 2008 年台灣燈會同時點亮 4 萬 4759 盞
燈籠，列名金氏世界紀錄。(2008.02.25)

8 由台灣科技廠支援的蘋果 MacBook
Air，正式在台上市，是當時世界最
薄的筆記型電腦。(2008.02.26)

2018

1 睽違一年多，「姐姐」謝金燕在桃園、
高雄兩地跨年晚會上復出。

2 三星電子無預警啟動 Samsung Pay 在
台試營運。(2017.05.02)

3 Google Pay 正式在台灣開通。三大
國際電子錢包 Apple Pay、Samsung
Pay、Google Pay 進入交戰狀態。
(2017.06.01)

4 立法院三讀通過「勞動基準法第五十四
條條文修正案」，將勞工強制退休年齡
由現行60歲延後至65歲。(2008.04.25)

5 富少駕超跑在自強隧道狂飆，釀成 2 死 3
  傷。他的姑姑指姪兒有「小車神」之稱，
  還說隧道燈不夠亮，「政府要負點責任」。

6 長照悲歌！老妻持榔頭猛敲久病丈夫頭
  部後，下樓向保全說：「我殺了家人，
  請幫我報案。」

7 陳姓電腦工程師曾以私立高職生考上
  台大，成為勵志楷模。但他後來沈迷
  色情半套店，還架設網路論壇媒介性
  交易謀取暴利。高院依「圖利使人
  為性交或猥褻罪」判刑 5 個月，得易
  科罰金，犯罪所得均沒收。

8 台鐵 6432 次普悠瑪號列車，在宜蘭新
  馬站超速翻覆，造成 18 死、近 200 人
  受傷。

2018

1 1025 反黑心顧台灣大遊行於台北市舉
　行，對總統馬英九及政府於兩岸、經
　濟、食品衛生等施政表達不滿，主辦單
　位宣稱有 60 萬人參加。(2008.10.25)

2 台北捷運南港線「昆陽—南港」
　段通車，捷運南港站啟用。
　(2008.12.25)

3 法鼓山創辦人聖嚴法師病逝，
　享壽 80 歲。(2009.02.03)

4 內政部公告成立台江國家公園，成
　為台灣第 8 座國家公園，也是首座
　都市型國家公園。(2009.12.28)

5 台灣爆發衛生紙之亂，大潤發向媒體表
示衛生紙將調漲價格，最高達 30%，引
發民眾一窩蜂搶購，造成衛生紙缺貨。

6 相隔 31 年後，台北松山機場和東京羽
田機場航線重新啟航。(2010.10.31)

7 第一屆 IBAF 世界少棒錦標賽於台北舉行，
中華隊在冠軍戰以 3:2 擊敗古巴，成功把
冠軍獎盃留在台灣。(2011.07.17)

8 蘋果公司 Apple Pay 正式上線，台灣
邁入行動支付戰國元年。(2017.03.29)

2018

1 北捷又驚傳持刀傷人！36 歲王姓女子闖入捷運台北車站，持美工刀割傷 31 歲潘姓女子，所幸送醫後沒有生命危險。王女隨後被制伏逮捕，經查她是領有身障手冊的精神病患。

2 北市大安區林姓夫妻一年鬧出 7 次家暴案件，老婆下午對著躺在床上的老公淋汽油點火，造成老公重傷，還波及他們才 8 個月大的男嬰。

3 壽山國家自然公園正式開園，成為台灣第一座國家自然公園。
(2011.12.06)

4 台灣與日本於台北賓館簽署《台日漁業協議》，就兩國重疊專屬經濟海域的漁業作業安排達成共識。(2013.04.10)

5 台灣高鐵清晨發生開業以來第一次非天然因素停駛事件，共取消 44 班列車，影響約 3.5 萬乘客，肇因台中站區號誌異常。(2013.04.25)

6 蔡英文總統代表政府向台灣原住民族道歉。(2016.08.01)

1 齊柏林執導的《看見台灣》，榮獲第
50 屆金馬獎最佳紀錄片。(2013.11.23)

2 一場大雨造成桃園國際機場 37 年來最
嚴重的淹水事件，對外交通中斷，卸貨
場、地下停車場淹沒水中，二航廈水深
及腰，出入境旅客受困，數百航班受影
響，癱瘓長達 8 小時。(2016.06.02)

3 桃園機場捷運開始試營運。(2017.02.02)

4 行動通信 2G 走入歷史，3G 也將在
年底依法終止服務。台灣明年元旦步
入全 4G、展望 5G 時代。(2017.06.30)

2019

5 少子化浪潮襲捲台灣，生育率創新低。

回首過去
　繼往開來

台北上河圖 上冊

國家圖書館出版品預行編目(CIP)資料

台北上河圖 / 姚任祥編著. -- 第二版. --臺北市
　　: 姚任祥, 2020.05
　　　　冊 ; 　　公分
　　　　ISBN 978-957-43-6962-1(全套：平裝)

1.歷史　2.臺北市

733.9/101.2　　　　　　　　　　　　109006609

著作權人　姚任祥

網　　址　www.alongthetaipeiriver.com

編　著　姚任祥

圖　繪　葉　子

執行編輯　陳怡茜

美術設計　段世瑜　陳怡茜　方雅鈴

文字整理　楊昇儒

支援團隊　姚仁喜｜大元建築工場

法律顧問　常在國際法律事務所　林秋琴律師

出版發行　姚任祥

地　　址　台北市敦化北路168號11樓

電　　話　(02) 2771-3775

傳　　真　(02) 2772-2877

印　　刷　沈氏藝術印刷股份有限公司

首版日期　2019年10月

版(刷)次　2020年5月第二版一刷

I S B N　978-957-43-6962-1

台北上河圖官網

本書中有 ● 圖示之建築物，為姚仁喜｜大元建築工場之作品